Mandrin

par Clémence Robert

VIII.

En ôtant à Isaure la vue d'Alvimar,
c'était comme si on lui eût enlevé tout-
à-coup l'air et la lumière ; elle éprouvait une souffrance positive presque aussi
accablante que les peines de l'âme.

Sa vie d'innocence et de paisibles con-
tentements était passée ; on lui arrachait
sa vie d'amour ; elle tombait dans le
néant. Ce changement d'existence subit, ce passage des rayons du soleil à
une ombre glacée, rendirent réelle la
maladie qu'elle avait projeté de feindre
afin de demeurer enfermée dans sa
chambre. Elle prit une fièvre lente ac-
compagnée de funestes symptômes.

Dans la crainte que son père ne per-
mît au baron d'Alvimar de venir s'in-
former de ses nouvelles, elle ferma
l'entrée de son appartement à tout le
monde. Son père et sa gouvernante
étaient seuls admis.

Son confesseur, cependant, venait
parfois l'entretenir; et, avec une chaleur

de langage qu'on ne lui avait jamais
connue, mettait tout en œuvre pour la
fortifier dans sa bonne résolution et la
consoler en même temps; mais elle
croyait avoir assez fait pour lui et pour
sa religion sévère en leur sacrifiant son
bonheur, et elle recevait maintenant
ses pieuses exhortations avec des mouvements d'impatience nerveuse.

La vue de son père même et de celle
qui l'avait nourrie n'était plus une douceur pour elle. Il est des moments cri-
tiques, même pour le cœur le plus tendre, où une grande puissance aimante
épuise toutes les sources d'affection, et
pendant quelques jours malheureux,
suspend le cours de tous les autres sen-
timents. Un ennui inexprimable vint

augmenter les souffrances d'Isaure, et elle tomba dangereusement malade.

Son père, plus changé, plus abattu qu'elle-même, appelait à son secours toutes les ressources de l'art; madame Blondeau poursuivait tous les saints du paradis de ses continuelles prières, et allait de l'un à l'autre avec une obsession infatigable.

David, accoutumé à souffrir en silence, passait des journées entières sous les fenêtres de la malade, et devinait les mouvements de sa fièvre à celle qui battait dans ses veines. Mais chaque jour n'apportait à Isaure qu'un accablement plus profond, et chaque nuit qu'une fièvre plus intense mêlée d'accès de délire.

Un soir, Isaure dit que la lumière qui restait dans sa chambre, et la présence de la personne qui la veillait, quelque silencieuse qu'elle fût, la tenait éveillée et la fatiguait davantage; elle voulut rester seule, dans l'espérance de mieux reposer. Mais ce moyen fut infructueux; minuit était venu sans qu'elle eût encore fermé la paupière.

Elle se leva et sentit un vif désir d'apercevoir son jardin au milieu des ombres de la nuit.

Il y avait plus de trois semaines qu'elle était privée de ce bonheur. Dans la journée, sévèrement enfermée dans sa chambre, elle n'osait même tourner les yeux du côté de la fenêtre qui donnait sur la terrasse, dans la crainte d'entrevoir

d'Alvimar et de manquer ainsi à son
serment.

Elle ouvrit doucement la croisée et
s'avança sur le balcon.

Le léger croissant de la lune nouvelle
surmontait le sommet des arbres et se-
mait dans leur ombre, et sur les touffes
de fleurs répandues à leurs pieds, ces
globules de lumières dont la nuance est
entre la perle et le diamant; l'air em-
preint d'une douce senteur de verdure
flottait mollement dans l'espace, et par
instant, les émanations les plus pro-
noncées du lys, de la jonquille, de la
tubéreuse, coupaient cette suave atmosphère de parfums plus pénétrants, et
montaient jusqu'à la fenêtre où se pen-
chait Isaure.

Elle retrouvait ses trésors de jeune fille avec un indicible plaisir ; elle revenait à une douce tendresse pour ce jardin qu'elle avait tant aimé ; elle aurait voulu que tous ces arbres, toutes ces plantes, ne fussent qu'un seul objet pour pouvoir l'embrasser, le presser sur son cœur.

Il lui prit une envie irrésistible d'aller parcourir ce sol, se mêler à cette verdure.

Elle n'avait qu'un étage à descendre, et ne pouvait rencontrer à cette heure personne qui s'opposât à son dessein. Seulement la chambre de madame Blondeau était placée à côté de la sienne, à laquelle elle servait pour ainsi dire de rempart, et il fallait la traverser pour gagner l'escalier. Isaure ne s'inquiéta pas de cet obstacle, puisque, après tout, si la bonne gouvernante s'éveillait et venait à s'apercevoir de sa fugue, ce n'était pas un grand malheur d'être surprise dans une innocente fantaisie de malade, qui ne pouvait être funeste à sa santé, vu l'extrême chaleur de la nuit.

Elle passa donc une robe, ouvrit la porte et sortit sans bruit.

Blondeau était assise sur son lit, la lampe d'un côté, le crucifix et le rameau béni de l'autre.

Elle était toute coiffée, toute vêtue de sa grande camisole blanche, pour être plus tôt prête au moindre appel de sa jeune maîtresse, et tenait un livre d'Heures, ouvert aux prières pour les malades. Cependant, après tant de nuits de fatigue, le sommeil avait surpris la bonne dame, et elle dormait profondément; mais dans son sommeil même, elle était encore à demi-levée et toujours prête à voler au secours de sa chère enfant.

Isaure la regarda en souriant, glissa légèrement sur le tapis et fut bientôt dans le jardin.

Là, le souvenir d'Alvimar revint plus brûlant.

Elle regarda la première place de ses amours, le gazon circulaire, la corbeille de roses près de laquelle le regard de Louis avait fait descendre une âme nouvelle dans son sein; puis tous les en-

droits où elle avait passé de longues
heures avec lui. Elle aurait voulu poser ses lèvres sur le sable que les pieds
de Louis avaient touché ; mais quoique
seule, la réserve la retenait ; elle ne
s'agenouillait sur cette terre bénie, elle
ne la baisait que dans son âme.

Elle contemplait partout l'image
d'Alvimar en répétant toujours :

— Je l'aime ! Oh ! Dieu merci, je
n'ai pas juré de ne pas l'aimer !

Le silence le plus profond régnait
autour d'Isaure. L'hôtel de Chavailles,
comme nous l'avons dit, était situé sur
le bord de la ville, entre une église et
une plantation de mûriers. Le jardin,
sur un plan plus élevé que le sol envi-
ronnant, et entouré seulement d'un

mur d'appui, avait d'un côté la muraille toute sculptée de l'église, de l'autre l'espace ombragé, au-dessus duquel on découvrait toute l'étendue du firmament. Ce lieu était donc rendu doublement solitaire par la nuit et par l'éloignement de toute demeure habitée.

L'air vivifiant, l'exercice, la consolation, produisirent un effet bienfaisant sur la jeune malade, et lui donnèrent un bien-être qu'elle n'avait pas connu depuis longtemps.

Elle parcourut le jardin en tout sens; puis son pas devint plus lent, elle sentit un certain engourdissement se répandre dans ses membres et le sommeil s'appesantir sur ses yeux. Elle ne pou-

vait cependant se décider à remonter
encore dans sa chambre.

Un tertre de gazon, élevé à peine
d'un pied, était devant ses pas, elle s'y
assit. La journée avait été brûlante;
l'herbe, mêlée de baumes et de perven-
ches, était sèche et douce; des acacias,
des chèvrefeuilles, en retombant en
touffes épaisses, formaient un dais d'une
ombre impénétrable à cette couche naturelle. Isaure, peu à peu, étendit ses
membres délicats, appuya son bras sur
le gazon, y pencha la tête, et s'endormit.

Dans l'âme absorbée d'Isaure, ces
deux exaltations, l'amour et la religion,
devaient se côtoyer sans cesse et se mê-

ler quelquefois. Elle fit un rêve qui réunissait leurs plus vives extases.

Elle se vit dans l'église voisine, sans cesser d'être dans son jardin.

Les masses de feuillages se confondaient avec les murailles du temple ; les gothiques piliers, les troncs séculaires semblaient ne faire qu'un ; les branches des arbres, les arêtes des voûtes, les guirlandes de verdure et les sculptures de pierre se mêlaient, s'enlaçaient et montaient ensemble vers le ciel ; le parfum des plantes et l'encens flottaient ensemble dans l'espace : l'œuvre de la nature et celle de la religion étaient inséparables dans cet étrange monument tout grandiose et divin.

Isaure entendit des chants d'église

unis aux sons de l'orgue ; c'étaient les
versets habituels de l'office, et cependant
ces chants disaient distinctement à son
oreille :

« Le seigneur est satisfait; la fille
soumise est dégagée de son serment, et
va revoir celui qu'elle aime. »

Alors il y eut une ondulation de terrain ; il se fit un grand mouvement silencieux dans tout le temple ; les arbres
se rangèrent autour d'un grand nombre infini de tombeaux, et l'église
présenta l'aspect d'un cimetière.

Isaure se trouva à genoux sur une
pierre sépulcrale, et y vit tracé un nom
dont elle ne put lire les caractères ;
quand elle parvenait à en deviner quelques-uns, ils ne s'appliquaient point au

nom d'Alvimar, et cependant c'était bien lui qui dormait dans cette fosse. Ce qu'elle sentait sous ses genoux, sous ses mains tremblantes, sous ses larmes, c'était bien la poitrine glacée, c'était bien la belle tête sans vie de son amant !

En même temps la musique religieuse avait pris les sons lugubres des hymnes funèbres.

La jeune fille fut saisie d'une émotion de terreur qui l'éveilla.

Quand elle ouvrit les yeux, une forme brune semblable à celle d'un homme agenouillé, et dans l'attitude de l'adoration, était devant elle. Elle se souleva à demi, passa ses mains sur son front, pour achever de reprendre ses esprits, et revit encore la même image.

Cet homme à genoux était enveloppé d'un manteau, son chapeau était tombé à terre; la faible lueur nocturne n'éclairait que des cheveux bruns, et le contour d'un visage indistinct. Quoique le peu qu'on voyait de ses traits rappelât d'Alvimar, Isaure n'y retrouvait point l'aspect de son amant : car l'usage de la poudre et des habits brodés qui régnait alors rendait le brillant seigneur bien différent de la forme vague et sombre qui était alors devant ses yeux. Elle pensa que c'était seulement l'ombre de Louis que le ciel lui envoyait pour la consoler.

Elle se leva, fit quelques pas comme

attirée vers cette ombre par un charme irrésistible, et lui tendit les bras.

Mais dans ce moment une étreinte énergique et un baiser déposé sur ses lèvres la firent passer de l'illusion à la réalité... Elle pensa à son serment, et dans l'effroi de l'avoir trahi en revoyant d'Alvimar, elle voulut fuir; elle se rejeta en arrière avec tant de vivacité que sa tête alla heurter contre un tronc d'arbre.

D'Alvimar la saisit et couvrit de mille baisers la blessure qui déchirait son front.

— Tu m'aimes et tu me fuis, dit Louis, en attirant la jeune fille sur son sein, et tu es malade! et tu veux mourir loin de moi!

Isaure se taisait, mais enfin au milieu de ses larmes elle avoua qu'elle avait juré à celui qui dirigeait sa conscience de ne plus revoir l'objet d'une passion criminelle.

Le jeune homme ne parut point s'alarmer de ce serment. Il en avait reçu, lui, qui étaient plus anciens et lui paraissaient aussi sacrés.

Isaure était tremblante, éperdue; d'Alvimar voulut la reprendre dans ses bras pour la porter sur le tertre de gazon qu'elle avait quitté; mais cette place ombragée où elle venait de dormir avait quelque chose d'une alcove virginale. Par une retenue instinctive, elle ne voulut pas y retourner avec d'Alvimar. Elle enlaça d'un de ses bras un

tronc d'arbre qui s'élevait près d'elle,
et de l'autre éloigna faiblement son
amant. D'Alvimar lui prit la main et
la garda fortement pressée sur son cœur.

— Oh ! laissez-moi, dit-elle, ne me
rendez pas parjure.

— Une promesse arrachée par la terreur ne peut lier... Le prêtre à qui
tu l'as faite l'a emportée dans son monastère; elle est enterrée là comme dans
un froid sépulcre.

— Mais moi, je m'en souviens.

— L'amour ne peut pas s'éteindre
comme une lampe sur laquelle on
souffle à l'heure où l'on veut reposer...
Tu m'aimes, tu es à moi.

— Et l'âme de ma mère qui a en-

tendu mon serment, et qui est toujours
près de moi?

—Qu'importe ton serment... qu'im-
portent les vivants et les morts !... tu
m'aimes, tu es à moi.

— Oui, à toi, au milieu des pleurs
et des remords..... Vous ne savez pas,
vous, hommes au front d'airain, combien il est cruel pour une faible femme
de nourrir un amour qu'il faut cacher
à tous les yeux, de mentir sans cesse
par une apparente froideur..... Hélas !
pour celle qui a toujours été pure, le
secret seul est un crime.

— C'est une douleur qui prélude à
toutes celles qui doivent nous atteindre
encore... Sort délicieux et terrible ! rien
n'a pu nous y soustraire, ni ta volonté

ni la mienne, ni ton innocence, ni les
efforts que j'ai faits pour m'éloigner,
pour renoncer à toi, pour te sauver de
toi-même : tout a été vain. Tu as senti
mon amour passer dans ton âme ; pu-
reté, vertu, résolution, courage, tout
est allé se perdre, s'abîmer dans cette
impérieuse fatalité ; tu m'aimes, tu es
à moi.

— Ainsi, vous appelez sur nous la
folie, les dangers, les remords de l'a-
mour, et vous ne songez pas à implorer la sanction de Dieu qui l'épure, le
lien éternel qui le consacre.

— C'est n'est pas moi qui le veux
ainsi, c'est le sort.

— Oh ! vous me faites frémir...

— Écoute, Isaure... un avenir irré-

vocable est tracé pour nous deux. L'a-
mour ne doit pas être pour nous une
félicité lente et paisible, qui disperse
peu à peu ses moments de délices sur
toute l'existence: il doit être un seul
instant rapide et suprême qui absorbe
en lui tous les battements du cœur, toutes les émotions et les ardeurs de l'â-
me, un orage de bonheur où éclate à
la fois tout ce qu'il y a dans la vie de
joie, de délire, d'élans passionnés, de
mouvements impétueux, de chaleur et
de lumière céleste.

— O mon Dieu !

— Isaure ! Isaure ! ne nous arrache
pas ce jour, ce moment, le seul qui
nous soit donné sur la terre... Il nous

faudrait tous deux mourir sans avoir vécu !

— Silence ! oh ! ne parlez pas ainsi.

— Tout ce que tu as appris depuis que tu es au monde doit s'effacer de ta mémoire.

— Que dites-vous ?

— Que tu ne dois plus croire qu'en moi.

— Oh ! le devoir envers mon père, envers Dieu...

— Tout ce que tu as appelé devoir, raison, sagesse, tu dois l'oublier...

— Non, jamais.

— Et ne plus voir de vertu que dans l'amour.

Elle le regarda avec épouvante ; elle tremblait devant lui, et jamais elle ne

l'avait tant aimé ; jamais aucun moment n'avait été si dangereux pour
elle. Autrefois, quand elle le voyait
dans le salon de son père, c'était seulement un homme plus séduisant que
tous ceux qu'elle avait connus, un
amant plus adorable que tout ce qu'elle
avait rêvé ; maintenant, tombé du ciel
au sein de la nuit, revêtu de ce costume sombre qui lui donnait une
beauté plus imposante, couvert de ces
armes d'où s'exhalait une espèce de terreur, contemplé à la lueur pâle et vague des étoiles, c'était un être surnaturel qui la pliait à son pouvoir.

Mais ensuite quand il lui dit :

— Isaure prends pitié de moi... de
toi-même.

Le son de sa voix vibrait si mélo-
dieusement, l'expression de sa tendresse
était si puissante, que la jeune fille ne
sentit plus qu'un entraînement magnétique et passionné vers lui..... Elle se
souvint de son rêve, elle pensa que
Dieu, compatissant à ses souffrances,
l'avait peut-être relevée de ses vœux
puisqu'il lui envoyait son amant d'une
manière presque miraculeuse. Elle regardait d'Alvimar ; et, dans le prestige
de l'amour, chaque minute le rendait
plus beau, plus noble, plus grand à ses
yeux, comme dans une vision céleste
tout se colore de la lumière d'un
monde inconnu. Un sentiment d'adoration inexprimable s'empara de son
âme : son bras se détacha de l'arbre

qu'il tenait enlacé, et elle se laissa tomber à genoux devant d'Alvimar.

Ainsi prosternée, joignant ses mains ramenées sur sa poitrine, elle le regardait avec une larme dans les yeux. Rien ne peut rendre tout ce qu'il y avait d'idolâtrie dans cette pose, dans ces mains jointes, dans cette larme.

Isaure connut dans ce moment la plus précieuse des influences de l'amour, l'oubli de tout le reste du monde : elle absorba toute la douce quiétude de la vie éternelle dans une minute passée aux pieds de d'Alvimar.

— Que voulais-je donc, murmurait-elle, te fuir... t'oublier peut-être... je ne le sais plus... Je sens que je t'aime, toi, mon maître, mon Dieu, que je t'aime et voilà tout !

Elle pleurait et une fièvre ardente battait dans son cerveau.

— Isaure, tu veux être unie à moi pour jamais.

— Oui, je le veux.

Ces mots, elle les prononça comme dans un rêve, sans idée, sans raison.

— Oh ! dit son amant, ne reste pas ainsi sur cette terre où tes genoux se meurtrisent ; viens, viens dans mes bras.

Il la saisit et l'emporta dans l'enfoncement ténébreux où elle s'était reposée. Il était pâle, sombre, et, même

dans les ténèbres, son front semblait
rayonner..... on eût dit le génie de la
nuit.... Mais le génie de la nuit est
aussi celui de l'amour, où tout doit
être mystère.

Il s'assit à côté d'Isaure dont le corps
souple s'abandonnait sans force et sans
mouvément sur cette couche d'herbes
aromatiques, aux senteurs pénétrantes,
baignée par les flots de chaleur qu'exhalait une nuit d'été.

Elle était là au milieu de ses arbustes
chéris, entourée des fleurs auxquelles
elle avait autrefois mêlé son âme aussi
chaste qu'elles, et maintenant les tor-
rents de la passion inondaient son sein,
son cœur battait avec violence. D'Alvimar n'avait qu'un bras passé autour

de sa taille, et la force extraordinaire
de ce bras la brisait; elle pouvait à
peine respirer dans l'atmosphère em-
brasée que cet homme répandait autour de lui... Il lui semblait que le sol
se mouvait sous ses pieds, que sa couche de verdure tournoyait dans l'espace et l'emportait dans un monde inconnu.

Isaure était pure comme une vierge
du ciel, pure dans ses pensées, dans ses
désirs dans toutes les sensations intimes
de son être : mais d'Alvimar se pen-
chait vers elle; il était enflammé de
de toutes les ardeurs humaines; s'il
adorait avec extase, il désirait avec
violence; les élans de son âme se fon-

daient dans les laves dévorantes de la passion. Et la jeune fille n'existait plus qu'en lui ; elle avait abandonné son être, et vivait dans le sein de d'Alvimar...

Ses larmes coulaient brûlantes et pressées. « Les larmes sont le seul langage d'une émotion semblable.

Elle passa ainsi cette nuit de délire dont elle ne pouvait plus connaître ni la situation, ni la durée.

Puis, dans le sein même des agitations les plus orageuses de l'âme subjuguée par un pouvoir magnétique, elle s'endormit une seconde fois.

Quand elle s'éveilla, le jour répandait déjà une teinte blanche sur les objets ; ells ne vit rien auprès d'elle qu'une place vide; sur sa tête, l'air promenait les sons lents et tristes envoyés par la cloche de l'église voisine qui, après l'angélus de ce matin là, sonnait pour des funérailles. Elle pensa de nouveau au rêve qu'elle avait fait dans son premier sommeil, à cette vision douce et mélancolique où la promesse de revoir son amant venait se mêler à des images de mort.

Isaure regagna son appartement sans qu'on se fût aperçu de sa sortie nocturne, et s'était déjà remise au lit quand sa gouvernante entra chez elle.

Cette nuit mémorable, qui devait augmenter les remords d'Isaure, les effaça entièrement; car, dans ce moment de sa vie, l'idolâtrie de l'amour remplaça dans son âme toute autre religion. Elle rompait la sainte union que le chef de la famille avait préparée pour elle avec la tendre sollicitude du père et du chrétien, pour s'abandonner à l'homme qui ne devait être que son amant; le moindre hasard pouvait faire découvrir sa faute, elle n'aurait plus alors ni père ni ami pour la soutenir, ni conscience pure où se réfugier; elle agissait dans son for intérieur comme si le mal eût été déjà fait; elle se retranchait dans son amour, s'y fortifiait comme dans un rempart où nul sentiment étranger ne pouvait pénétrer, où nulle douleur qui ne vînt pas de lui ne pouvait se faire connaître.

Le calme et l'énergie d'une femme éprouvée par tous les coups du sort s'étaient soudain développés au sein de sa timide jeunesse.

Le père Gaspard était absent de Saint-Romain : cette circonstance lui permit pendant quelque temps de suspendre ses confessions ; elle était donc soustraite à l'alternative cruelle de porter au tribunal de la pénitence l'aveu le plus difficile à faire, ou d'y garder un silence sacrilége.

LES VOLEURS.

IX.

Cependant depuis son entrevue se-
crète avec d'Alvimar, mademoiselle de
Chavailles tremblait toujours qu'il ne
revînt au jardin pendant la nuit et n'y
fût découvert.

Cette terreur, qu'elle éprouvait pour lui seul, l'engagea un soir à descendre de sa chambre. Elle arriva au jardin bien émue cette fois, osant à peine fouler le sable sous ses pas, palpitante au moindre bruit, et ne songeant plus guère à jouir du charme de cet endroit. Elle était dévorée de ces inquiétudes étouffantes, de ce serrement de cœur douloureux par lesquels une jeune fille paie bien chèrement ses démarches imprudentes. -

Elle trouva en effet d'Alvimar, qui, depuis sa première visite nocturne, était revenu presque tous les soirs, dès que l'ombre était close, errer sous les fenêtres de l'hôtel.

Mais loin de tenir la résolution

qu'elle avait prise de lui défendre ces
excursions dangereuses, elle demeura
près de lui, et y revint encore les nuits
suivantes.

Un soir , ils étaient tous deux dans
cette heureuse solitude. Une douce
pluie d'été les avait forcés de se réfugier sous la charmille qui s'étendait au
bord du jardin, sur le banc même où
d'Alvimar s'était entretenu avec David de Marillac quelque temps auparavant.

Ils étaient là , plongés dans l'ineffa-
ble quiétude de l'amour qui se laisse
vivre et se repose dans son bonheur ;
le bruit monotone de la pluie qui tombait sur les feuilles sans les atteindre
les berçait d'un calme délicieux et ver-

sait sur leurs fronts comme une légère
teinte de sommeil; ce nuage, unifor-
mément répandu dans l'atmosphère,
était comme un rempart de plus qui
les séparait du monde.

Le pied d'Isaure frôla un léger objet
sur le sable; elle le ramassa, et, à la
lueur des réverbères de la place voisine qui perçait faiblement le feuillage,
elle vit une très-petite boîte entr'ouverte et qui contenait un rouleau de
cordon de soie.

— Qu'est-ce que cela? demanda-
t-elle.

—L'échelle de soie dont je me sers
pour monter sur ce mur.

— Ah! c'est vrai, ami; je te croyais
si bien envoyé par le ciel près de moi,

que je n'avais jamais pensé à te demander comment tu y parvenais......
Mais je ne comprends pas que tout
une échelle puisse tenir dans un si petit écrin.

— Elle est tissue aussi mince pour
pouvoir se porter plus facilement.

—Et avec ce faible appui, bon Dieu!
franchir un mur si élevé !

— Il donne sur une place déserte,
et il conduit près de toi, c'est tout ce
qu'il me faut.

— Et les pointes de fer qui le héris-
sent?

— Mon manteau jeté dessus m'en
garantit.

— On dirait, monseigneur, que

vous êtes accoutumé à de pareilles es-
calades.

Louis avait enveloppé la jeune fille
d'un pan de son manteau pour la pré-
server de l'humidité de l'air, et ils
étaient tous deux sous cet abri. Dans
ces dernières visites, le jeune seigneur
avait repris le brillant costume qui lui
était habituel ; Isaure regardait, avec
une attention enfantine et caressante,
quelques ornements placés à la ceinture du baron, et qui jetaient les étin-
celles de l'or et de l'acier.

— Quels sont, dit-elle, ces bijoux que je vois toujours à votre ceinture ?

Il les détacha tour-à-tour.

— Ceci, répondit-il, est un poignard

dont la lame rentre dans le manche ,
et qui ne tient pas plus de place qu'une
tabatière d'or.

— Un poignard!... c'est étrange....
Et ces deux pommeaux ciselés qui
se détachent sur le satin blanc de votre
veste ?

— Les poignées de deux pistolets
qui s'enfoncent dans la ceinture faite
de manière à les contenir tout entiers.

— Quoi! ces objets que je vois ha-
tuellement sur vous sont...

— Des armes.

— Des armes, bon Dieu! à quoi
cela vous sert-il pour aller aux assem-
blées, aux promenades , partout enfin
où vous passez votre temps?

— Ce sont les attributs naturels du gentilhomme : puisque la force est l'origine de la noblesse, et que le pouvoir de vaincre a pu seul amener le privilége de commander.

Le hasard faisait que la jeune fille remarquait cette belliqueuse parure, et s'en étonnait au moment même où elle allait avoir à en bénir l'utilité.

La charmille, comme nous l'avons dit, régnait tout le long du mur latéral qui donnait sur la place, et aboutissait d'un côté aux limites du jardin, de l'autre à la terrasse sur laquelle ouvraient les portes-fenêtres du rez-de-chaussée de l'autel.

Isaure, dont l'oreille était toujours

attentive, entendit parler à voix basse sur la place, au pied de la muraille. Cette circonstance, qui n'avait rien d'effrayant par elle-même, l'inquiétait cependant, en ce que la présence des personnes qui se trouvaient là devait mettre obstacle à la sortie de d'Alvimar. Mais bientôt les pas s'éloignèrent, et le bruit de voix cessa en même temps.

Les deux amants oubliaient ce moment d'alarme, et reprenaient toute la sérénité de leur bonheur, quand soudain Isaure saisit le bras de d'Alvimar avec un mouvement convulsif, et demeura raide et froide de terreur. Elle venait de voir une lumière passer dans la salle à manger et disparaître aussitôt.

Ce n'était qu'une lueur, si faible et si rapide qu'il fallut la revoir encore pour s'assurer de sa réalité; mais elle reparut plusieurs fois, et à chacune le cœur d'Isaure se serrait davantage, et une nouvelle sueur froide mouillait son front.

— On me cherche, balbutiait la malheureuse enfant; on va venir ici... Oh! c'est mon père, j'en suis sûre, c'est lui qui me découvrira!

— Calme-toi, Isaure, rentre à l'instant même, avoue aux personnes que tu rencontreras le désir que tu as eu de venir dans ce jardin respirer la fraîcheur de la nuit; on n'y soupçonnera pas ma présence, et tu seras sauvée.

Quitter d'Alvimar dans le moment où elle souffrait ainsi était impossible : elle se jeta dans ses bras. La lumière avait disparu. D'Alvimar pensa qu'il pouvait accompagner Isaure jusqu'au bout du berceau, et, soutenant ses pas, il la conduisit de ce côte.

Mais, comme ils arrivaient, la terrible clarté brilla sur la terrasse, à deux pas d'eux ; ils se rejetèrent dans l'épaisseur du feuillage.

De là ils aperçurent deux ombres noires dont on ne pouvait distinguer aucun trait, et qui s'avancèrent contre la charmille derrière laquelle ils étaient cachés.

Les voix qui s'étaient fait entendre au-dessous du mur de clôture quelque temps auparavant reprirent alors leur colloque sur un ton très-bas.

Aux premiers mots, Isaure sentit le bras de d'Alvimar, qu'elle tenait pressé sur sa poitrine, tressaillir.... pour elle, elle ne respirait plus, et se sentait mourir d'épouvante.

Les deux ombres disaient :

— Nous avons bien fait de visiter en passant cette salle à manger.

— Et ce buffet bien garni.

— Nous emportons tout ce qui a pu tenir dans nos poches et dans nos estomacs.

— Et même plus, car voici deux flambeaux d'argent qui n'ont pu se lo-

ger dans mon habit et qui m'embar-
rassent singulièrement les bras.

— Il fallait les laisser.

— Non pas ; c'est dommage de laisser perdre les choses.

C'étaient donc simplement des voleurs qui se trouvaient là. D'Alvimar
fit un mouvement pour saisir ses armes
et se jeter sur les misérables. Isaure
le retint avec une force nerveuse
et lui dit d'une voix basse comme un
souffle :

— Oh ! le moindre bruit attirerait
du monde ici?....... laisse-les prendre
tout ce qu'ils voudront; ils vont peut-
être s'en aller.

— Je crois que c'est assez comme

ça, dit un des larrons, et qu'il faudrait déloger le plus vite possible.

— Non pas; depuis deux nuits nous guettons ce beau monsieur qui a des habits reluisants sous son manteau comme un saint dans sa châsse, et qui monte ici avec une échelle de corde...

— Et moi, j'ai deviné qu'il venait à un rendez-vous d'amour.

— Ce n'était pas difficile à trouver. Mais, moi, j'ai imaginé de le surprendre dans ce rendez-vous, bien certain que pour ne pas faire un éclat qui amènerait sur le lieu les autorités du logis, il nous livrerait sa montre, ses chaînes d'or, ses épingles qui brillent si bien et tous ses bijoux en général.

— Sans compter que la dame aura t

bien aussi quelque présent à nous faire pour acheter le silence et ne pas éventer ses petites intrigues.

— Sans doute : placé ainsi entre deux feux, les voleurs et les indiscrets qui peuvent arriver, on aime encore mieux perdre ses diamants que son honneur. C'est une bonne idée que le vol au rendez-vous d'amour, et je veux l'exploiter.

— Avec moi !

— Amants et voleurs, c'est tout oiseaux de nuit, ça doit s'entendre et fraterniser ensemble... tu vas voir tout-à-l'heure...

En effet, la même obscurité avait attiré en cet endroit ces deux jeunes êtres, chez qui les beautés de la nature étaient rehaussées par les grâces du monde, et ces vilains bandits qui, sous leur peau de bêtes fauves, n'avaient de cœur que pour la rapine. Des feuilles de charmille frémissantes et des gouttes de pluie séparaient seules ces deux extrémités de la chaîne.

— Mais enfin, dit celui des voleurs qui avait manifesté le désir de s'en retourner, puisque nous n'avons rencontré personne dans ces beaux salons, où veux-tu trouver tes amoureux?

— Ils doivent être ici, dit son camarade, voyons un peu ce jardin.

En même temps, ils entrèrent dans la charmille par un des cintres qui la coupaient de distance en distance; Isaure et d'Alvimar s'étaient déjà élancés dehors et se trouvaient de l'autre côté. d'Alvimar pensa que tandis que les voleurs iraient jusqu'au fond du berceau pour chercher leur proie, il aurait le temps de conduire Isaure au pied de l'escalier et de s'évader.

Mais à peine eurent-ils mis le pied sur la terrasse qu'ils se trouvèrent en face des bandits. Ceux-ci avaient dirigé le rayon de leur lanterne sourde dans le fond de la charmille sans y aller eux-mêmes, et la voyant déserte, ils revenaient sur leurs pas.

Isaure, par une réflexion plus prompte que l'éclair, juge qu'elle est perdue : ou d'Alvimar se fera tuer par les malfaiteurs qui veulent le dépouiller, ou il se défendra et le bruit attirera au jardin tous les gens de l'hôtel, alors son déshonneur sera public !...

A la même minute, par un double mouvement, d'Alvimar est assailli par un des brigands qui lui met la main au collet, et lui-même tire son poignard qu'il pose sur la poitrine du voleur... Mais soudain le jeune seigneur, saisi d'une pensée inspiratrice, change de disposition ; il lâche son arme, prend la lanterne sourde que les malfaiteurs ont posée à terre, en tourne la lumière contre son visage et la laisse retomber aussitôt.

Un jurement sourd, mais énergique, partit à la fois de la bouche des deux voleurs, qui, par un contraste étrange, portèrent en même temps la main à

leurs chapeaux, en signe de respect.
Au même instant, on entendit des pas
qui s'enfuyaient, un bruissement dans
les arbres de la place voisine, puis plus
rien.

Les brigands, en trois bonds, avaient
sauté sur le mur du jardin, de là sur
les mûriers qui couvraient la place, de
là dans la ville, où ils prenaient le
large.

Isaure était trop troublée pour remarquer l'étrangeté de ce dénoûment.
Elle eût pu penser que le noble aspect
d'Alvimar avait imposé aux voleurs :
mais elle ne pensa à rien, si ce n'est à
serrer son amant sur son cœur et à rentrer au plus vite dans son appartement.

LE VAL D'EMBRUN.

X.

Les deux voleurs qui s'enfuyaient ainsi de l'hôtel de Chavailles, après leur malheureuse tentative, étaient Chicner et Marteau, de la bande de Mandrin. Ils se glissaient dans les rues désertes, ayant bien soin de raser les murailles et de prendre le côté le plus sombre. La nuit finissant, ils avaient grande hâte de sortir de l'enceinte des maisons qui, à chaque minute, pouvaient ouvrir les yeux pour les regarder.

Il ne leur restait qu'un élan à prendre pour gagner la rase campagne, quand, au débouché d'une rue, Chicner sentit une main se cramponner à son épaule et entendit cette exclamation :

— Ah! je boirai un verre d'eau-de-vie ce matin!

En même temps un piquet de maréchaussée enveloppa les deux camarades.

Au tumulte causé par la lutte qui s'établit entre les adversaires, les maisons s'ouvrirent et toutes les têtes passèrent à la fenêtre pour appuyer du regard les cavaliers, et opiner du bonnet en faveur de l'ordre public.

La victoire demeura bien vite aux plus forts. Les gendarmes et les habitants qui les suivaient emmenèrent leurs deux prisonniers à la Maison de Ville.

Là, les voleurs furent reconnus pour appartenir à la bande des contrebandiers. On leur attacha les bras et les jambes avec des cordes, car la bonne ville de Saint-Romain possédait peu d'instruments de supplice et n'avait pas de fers pour les criminels; et on ordonna aux brigadiers de les conduire immédiatement à la prison de Valence.

Ils cheminèrent toute la matinée, les soldats à cheval, les prisonniers à pied; les uns et les autres sifflant, jurant, maugréant, pour faire passer le temps.

La route était longue, le temps triste et pluvieux. Chicner (celui des deux bandits qui avait imaginé le *vol au rendez-vous d'amour*) pensait qu'il allait être interrogé, jugé, pendu le lendemain, et qu'en attendant il s'ennuyait. Comme au dernier de ces maux il pouvait y avoir remède, il essaya de lier conversation avec son conducteur.

— Il me semble que je vous connais, mon gendarme? dit-il.

— Possible, je me suis déjà souvent

rencontré avec vous autres, particulièrement au val d'Embrun où nous al-
lons passer ce soir.

— Bel endroit, que le val d'Embrun ! les coups de fusil sonnent dans
les rochers comme des pièces d'artil-
lerie, et les eaux du Rhône vous ont
bientôt débarrassé des morts.

— Je ne trouvai pas cet endroit beau
du tout.., Ce fut à cette escarmouche
que je perdis mon pauvre fils Benoît,
le pareil de ce grand garçon que vous
voyez là.

Le brigadier montrait son second
fils, jeune soldat qui servait aussi de
garde aux prisonniers.

—Et la brigade fut battue, reprit

Chicner, quoique vous fussiez bien alors dix contre un.

— Oui, nous pouvions bien être du double plus nombreux, mais une pièce d'eau-de-vie nous avait mis presque tous hors de service. Pour ma part, j'avais entièrement perdu mes moyens; ce qui fait que j'ai vu tomber mon pauvre fils à mes côtés, sans pouvoir le défendre. Aussi j'ai fait vœu en ce moment-là de ne pas goûter à l'eau-de-vie que je n'eusse arrêté un contrebandier, pour le faire pendre en mémoire de mon garçon. C'est pourquoi, en vous mettant la main dessus tout-à-l'heure, je me suis dit : « Je boirai un verre d'eau-de-vie ce matin. »

Bien flatté de pouvoir vous obliger.

— Nous sommes partis si vite de
Saint-Romain que je n'ai pu m'en donner le plaisir; mais ce n'est que partie
remise car nous devons toucher à
l'hôtel des *Arbres verts*, où je pourrai
me dédommager.

En effet, ils arrivaient à l'endroit
désigné; mais au lieu de la petite hô-
tellerie sur laquelle comptait le soldat,
ils ne trouvèrent que des charpentes
et des lambeaux de toitures que le torrent transportait sur un autre terrain:
une trombe de pluie avait renversé le
frêle bâtiment.

— Nous tombons mal, dit Chicner,
l'auberge est en train de déménager
en ce momènt, et vous ne boirez pas
encore le petit verre à midi.

— Pauvre cabaret des *Arbres verts*!
il n'en reste pas vestige.

— Je regrette aussi qu'il soit arrivé
malheur à une de ces braves auberges,
qui ont la bonté de voler les passants
exprès pour que nous les volions elles-
mêmes à notre tour.

La pluie redoublait et le vent sifflait
avec fureur; des nappes d'eau coupaient à toutes minutes le chemin; les
chevaux piaffaient dans cette eau et
la faisaient rejaillir sur les prisonniers
qui en avaient déjà jusqu'aux genoux;
au fond de cela ils marchaient dans
de longues herbes et dans de la vase; les
cordes qui entravaient leurs jambes se
prenaient aux ronces du ravin, et

ils trébuchaient à chaque pas; l'averse qui tombait à torrent sur leurs têtes achevait l'inondation de leurs personnes.

Quoiqu'ils voulussent faire contre fortune bon cœur, les contrebandiers laissaient échapper un tonnerre de jurements continuels.

— Il n'est pas temps de vous plaindre encore, dit le vieux gendarme à Chicner, vous en verrez bien d'autres.

— Bah! la pluie, au moins, dont nous sommes trempés à cette heure, n'entrait pas dans le procès.

— Que voulez-vous! il était dit qu'en quittant la terre, vous passeriez par l'eau, l'air et le feu.

— Oui, après l'averse, la potence et l'enfer, voilà ce que vous voulez dire; eh bien, tant mieux, morbleu! car en enfer les brigands doivent faire l'ordre public, et je vous arrêterai à mon tour, vieux gendarme.

Tantôt un bloc de grès roulait sur les pieds des pauvres voyageurs, tantôt des branches d'arbres rompues par le vent leur fouettaient le visage; chacun de ces accidents redoublait l'irritation des criminels peu repentant et la porta enfin au comble.

Mais tout-à-coup Chicner s'arrêta subitement, et son visage s'éclaira d'une joie singulière.

Au milieu du bruit de l'ouragan, on entendait très-distinctement la voix ai-guë de l'hirondelle qui jetait une fusée de son dans l'espace.

— Ah! dit le voleur en riant, maintenant vos cordes ne me font plus de mal, et je trouve qu'il fait beau temps!

— Que diable a-t-il donc celui-là, dirent les soldats, il écoute siffler les hirondelles... c'est singulier tout de même que des oiseaux chantent par le temps qu'il fait.

En ce moment Chicner se mit à répéter lui-même le son perçant et flûté qu'il entendait, avec un art d'imitation merveilleux.

— Eh! l'ami, vous avez là un fort joli talent; mais vous n'êtes pas ici pour faire de la musique avec tous les martinets de la route... En avant.

— Ces oiseux là sont une noble race, répondit le bandit; ils parcourent toute la terre et prennent partou leur proie au vol, sans connaître ni loi ni roi.

Il avait à peine dit cela, que des hommes à moitié couverts de capes brunes, sortant d'une gorge de rochers, croisèrent le chemin, se jetèrent au-devant des brigadiers, et avant qu'ils eussent le temps de s'opposer à ce mouvement, arrachèrent le sabre de l'un d'eux et en coupèrent les liens des prisonniers.

— Qui êtes-vous, misérables, et de quel droit?...

— Qui nous sommes, dirent-ils, en jetant leurs enveloppes pour se servir plus facilement de leurs armes, des contrebandiers qui voyagent pour leur commerce et qui passent fort à propos

en cet endroit pour délivrer deux de
leurs camarades.

— Mort de dieu ! s'écrièrent les cavaliers en brandisssant leurs sabres,
nous ne vous craignons pas.

Mais en même temps, ils voient, au
débouché de la gorge, la tête d'une co-
lonne entière de brigands qui les tien-
nent en joue, et n'attendent qu'un mot
pour faire feu. Les soldats veulent
prendre la fuite ; mais, en se jetant en
arrière, ils vont s'acculer dans un cintre
de rochers où ils se trouvent bloqués
et serrés par un rang de baïonnettes
posées sur leurs poitrines.

— Bas les armes, ou vous êtes morts !
crièrent les contrebandiers.

Quand les soldats eurent jeté à terre

sabres et pistolets, leurs adversaires leur dirent qu'ils pouvaient s'en aller où bon leur semblerait.

— Un moment, dit Fauster, qui commandait le détachement; des compagnies françaises doivent être en ce moment près d'ici, dans le canton d'Herbasse, et ces gens-là pourraient aller les avertir de notre présence. Qu'ils marchent avec nous.

— Il paraît, mon gendarme, que vous ne boirez pas encore l'eau-de-vie ce soir, dit Chicner à son ex-conducteur, en l'emmenant à son tour prisonnier.

Les nuages étaient éclaircis, et la terre balayée par le vent qui soufflait toujours avec violence ; le soleil brillait

par intervalle ; les contrebandiers tenaient leurs capes grises au bout du
fusil pour les sécher, et leurs armes
brillaient sur leurs habits de cuir.

La caravane marchait emportant les
ballots de marchandises qui allaient
s'embarquer sur le Rhône.

Les braves bandits s'en allaient joyeu-
sement, évitant les grandes routes,
franchissant d'un pas léger rochers,
broussailles et ravins, et chantant la
chanson du contrebandier.

C'était ainsi qu'ils allaient dans la
vie, laissant les chemins battus pour
marcher à leur guise, bravant les lois,
fraudant les impôts, sautant par-dessus
les bornes des provinces, passant riviè-
res et montagnes, plongeant dans les

profondeurs, montant sur les plus hau-
tes cîmes, la tête dans les nues, la mort
à leurs pieds, et chantant toujours la
chanson du contrebandier.

CHANT DU CONTREBANDIER.

Parcourant le monde entier ,
Ne craignant ni dieu ni diable ,
Trouvant partout lit et table,
Nous faisons le beau métier
De voleur-contrebandier.

La belle nuit pour dérober nos pas !
Le ciel est noir, et ses voiles funèbres
Jusqu'aux remparts qui s'élèvent là-bas,
Vont nous frayer un chemin de ténèbres.

Sur l'or qu'au pauvre elle vola,
S'endort la Richesse assouvie :
Halte-là ! la bourse ou la vie !
Halte-là ! nous voilà !

Quand Dieu versant ses biens du haut des cieux
Dit : C'est pour tous les enfants de la terre,
Mort au douanier , dont l'impôt odieux,
Vient en priver le peuple en sa misère !

Morbleu , le pauvre goûtera
A cette ivresse qu'il envie.
Halte-là ! la bourse, ou la vie !
Halte-là ! nous voilà !

Dieu , qu'on est bien sur les monts élancés !
L'air libre passe au matin sur nos têtes ;

Quand vers le soir les combats sont cessés,
Nous sommeillons bercés par les tempêtes ;

Et le songe qui passe-là,
Dit encore d'une voix ravie :
Halte-là ! la bourse ou la vie !
Halte-là ! nous voilà !

Parcourant le monde entier,
Ne craignant ni dieu ni diable,
Trouvant partout lit et table,
Nous faisons le beau métier
De voleur-contrebandier.

Cependant, à travers ces routes tor-
tueuses, la bande errante arriva le soir
à ce même val d'Embrun où les brigadiers avaient projeté de passer en se
rendant à Valence. On résolut de s'arrêter là pour la halte du soir.

C'était un bassin entouré de rochers
et bien abrité du vent ; il y avait à gauche une chaîne de collines, laissant entre
elles un seul intervalle par lequel on
voyait le cours du Rhône ; à droite un

bois épais, et, en face, le pic d'Angor,
dont le sommet baignait déjà dans la
limpide lumière de la lune montante.

Les contrebandiers se rangèrent en
cercle compacte formé de plusieurs
rangs. On plaça au milieu d'énormes
pains, des pièces de bœuf rôti, des fro-
mages de Sassenage et quelques barils
de vin, le tout étalé sur la terre, qui
servait de table comme de siége. Après
le repas on voulut prolonger la veillée
en écoutant les contes et les chansons
qui faisaient la pâture ordinaire de l'i-
magination dans cette société sauvage.

La lumière manquait et le bois était
trop mouillé pour qu'on pût faire un
feu clair et la remplacer par ce moyen.
Un des gens de la troupe avisa un bloc

de granit profondément creusé au sommet. Aidé de ses compagnons, il le fit rouler jusqu'au milieu du bivouac, versa dans la cavité un baril d'eau-de-vie, auquel il ajouta un pain de sucre et y mit le feu. Ce luminaire improvisé était d'autant plus agréable qu'il allait former en même temps une boisson vivifiante, et ne devait ni s'éteindre ni tarir, car on aurait soin d'en entretenir la matière à mesure qu'elle diminuerait. Les brigands étaient assis les jambes croisées, autour du vaste bol de punch, et les reflets bleus de sa flamme voltigeaient sur ces têtes rudes et sauvages comme des feux follets sur des monts sourcilleux.

La liqueur circulait à la ronde dans une grande écuelle de bois.

— Aux prisonniers maintenant, dit Chicner; faites-leur passer *la coupe de l'hospitalité*!

Les cavaliers de maréchaussée, blottis dans un coin, acceptèrent volontiers la politesse; mais quand vint le tour du vieux brigadier, il refusa obstinément.

— Non, non, dit-il, c'est ici que mon fils a été frappé, et je n'ai pas encore tué de contrebandier en son honneur : mon vœu avant tout.

COMBAT.

XI.

Déjà depuis quelques heures des ré-
cits de guerre et d'amour occupaient
l'attention de l'assemblée, quand un
spectacle singulier vint attirer tous les
regards.

Le bois placé à droite se couvrit d'une

forte vapeur rouge; puis on vit peu à
peu les masses de feuillage se remplir
de lumière. On se regarda avec stupeur; on commença par lier les prisonniers à des troncs d'arbres; puis,
en une minute, avant qu'aucun ordre
fût donné, tous les contrebandiers eurent revêtu leurs armes.

— Attention et silence! dit Fauster.

Il se coucha à terre, colla son oreille
contre le sol, tandis que tout le camp
était retenu dans une immobilité palpitante, et au bout de quelques instants
on distingua des pas éloignés et un
bruissement d'armes.

Un buisson épais et à hauteur d'appui bordait le bois de ce côté. Les bandits s'agenouillèrent en doubles rangs

devant ce taillis, le fusil au poing, visant de ce côté, et prêts à faire feu avant qu'on eût pu les voir.

Ils attendaient immobiles et retenant leur haleine ; mais, tandis que toute leur attention était portée sur ce bois mystérieux, qui recélait sans doute une troupe d'ennemis, une détonation terrible partit derrière eux, et ceux qui se trouvaient au dernier rang roulèrent morts sur la terre.

Le détachement des troupes royales qui attendait les contrebandiers au passage s'était divisé en deux parties, et tandis que les uns arrivaient par la forêt avec des lumières qui devaient attirer l'ennemi de ce côté, les autres, venant du bord du Rhône, entraient

par la gorge des collines et fondaient
subitement sur lui.

Les malheureux contrebandiers
étaient donc entre deux feux, perdus
par une situation désastreuse; mais le
courage doublait leurs forces, et l'aspect d'une mort inévitable devait rendre leur défense terrible.

Fauster, qui commandait la bande
en ce moment, n'était pas aimé par ses
compagnons, comme nous l'avons dit
plus haut, et c'était avec peine, ordinairement, qu'on obéissait à ce lieute-
nant. Mais à cette heure difficile il parut sous un jour moins défavorable aux
yeux de ses compagnons, car le sang-
froid et la prudence qu'il conservait au
sein du plus extrême danger pouvaient

seuls amener quelque chance de salut.

Un rayon de flamme partit du rideau des collines, et une grêle de balles fouilla les rangs des contrebandiers; un autre rayon brilla du côté de la forêt, et une nouvelle grêle de balles vint les assaillir.

Attaqué de tous côtés, le corps compact et resserré des bandits tournait sur lui-même avec une rapidité éblouissante. Chacun des combattants qui le formait tenait un sabre entre ses dents, des pistolets à ses mains, et son fusil couché à côté de lui. Les brigands se glissaient entre les rangs ennemis avec la souplesse du serpent, se relevaient au milieu d'eux avec la férocité du tigre, tuaient, étouffaient, déchi-

raient, de leurs armes, de leurs ongles,
de leurs dents. Les balles, les coups de
lance qu'on leur assénait rebondis-
saient sur le cuir de leurs habits; mais,
eux, ils tiraient de loin, ils massa-
craient de près, en répétant le cri de
guerre : *Tue! tue !* de leur bouche écu-
mante de rage. Et tout était broyé sur le
passage de ces hommes de fer et de feu.

Cependant le cercle épais de leurs
ennemis se resserrait autour d'eux, ga-
gnait à chaque minute du terrain ; ils
n'avaient plus que le centre du val
d'Embrun pour déployer leurs efforts.

La troupe s'affaiblissait ; des combattants tombaient morts, d'autres sentaient leurs forces s'épuiser avec leur
sang. Mais ces hommes indomptables,

dans leurs soupirs d'agonie, jetaient
encore la mort autour d'eux, leurs derniers mouvements convulsifs portaient
des coups mortels.

Enfin la masse compacte des troupes
réglées les écrasait de son poids seul,
et ils allaient succomber.

Dans cet instant de détresse, par un
mouvement naturel même aux brigands,
ils levèrent les yeux au ciel.

Alors, aux rayons de la lune qui ver-
sait en plein sa lumière, il virent paraître sur le sommet du pic d'Angor un
cavalier aux armes étincelantes ; et, à
l'instant même, comme s'il eût été em-
porté par la raffale du vent qui fendait
l'espace, le cavalier fantastique fondit
dans le vallon.

— Mandrin !

Ce cri de joie, exhalé avec une force
tonnante du sein des contrebandiers,
roula dans les rochers, alla jusqu'au
chef adoré et s'éleva jusqu'aux nues.

— Mandrin !

S'écrièrent aussi les troupes ennemies ; mais là ce nom fut prononcé avec
un accent de terreur qui en assourdit le
son, comme s'il eût été répété dans le
sein d'un écho caverneux.

Le capitaine était déjà au milieu des
siens, et tout changeait de face autour
de lui : on eût dit que sa présence faisait lever de nouveaux soldats du sang
qui rougissait la terre. Se plaçant à la
tête de ses braves, et guidant leurs mou-

vements, il balaya d'abord la ligne de
soldats dont il était cerné et repoussa
toutes les forces ennemies vers la chaîne
de colline située à gauche ; il s'en ren-
dit maître, les enveloppa à son tour,
et, soutenu de ses gens, dont le courage
avait pris en ce moment quelque chose
de surnaturel, il les força à un mouvement rétrograde. Les soldats trouvant
derrière leurs pas des élévations de terrain qui s'opposaient à leur retraite, se
jetèrent tous dans le passage ouvert entre deux collines; et là, Mandrin pro-
fitant de leur nombre même qui les
obstruait et gênait leurs mouvements, en
fit un carnage épouvantable.

Les soldats fuyaient, mais en faisant
toujours face à l'ennemi, en combat-

tant toujours; ils arrivèrent ainsi sur le
rivage du Rhône.

Les contrebandiers, qui avaient sauté
par-dessus les côteaux avec l'élan facile
des bêtes fauves, les enveloppèrent de
nouveau. L'espace qu'ils occupaient sur
la grève devint de plus en plus étroit,
et, en reculant sans cesse, ils atteigni-
rent la bande sablonneuse qui bordait
le fleuve.

Une affreuse terreur se fit alors sentir au sein des compagnies royales. Les
soldats étaient forcés de marcher en arrière pour continuer à faire face aux
contrebandiers. Ceux qui étaient au
dernier rang sentaient déjà la terre
prêt de manquer sous leurs pas, et pen-
saient qu'ils allaient s'abîmer dans les

flots. Ils faisaient des efforts furieux pour percer ce cercle d'ennemis qui les enveloppaient d'une double mort ; mais tout était vain, les contrebandiers, combattant auprès de leur capitaine, étaient trop forts maintenant pour plier.

La lune éclairait largement ce funèbre tableau. Les soldats, pâles d'effroi, sanglants, percés de coups, jetaient un lugubre gémissement à chaque pas rétrograde qui les approchait du fleuve ; ils l'entendaient déjà gronder derrière eux et n'osaient tourner la tête pour mesurer l'espace qui les en séparait encore, dans la crainte de perdre un des coups qu'ils devaient porter. Mandrin, grand, formidable, brandissait son sabre flamboyant, se montrait devant eux comme le génie de la destruction, et les poussait pas à pas dans l'abîme.

Enfin ceux qui étaient au dernier rang tombèrent renversés dans les flots. Un cri de détresse, un cri épouvantable s'éleva de la troupe entière; d'autres rangs tombèrent dans le fleuve à leur tour, et des cris plus déchirants encore s'élevèrent jusqu'aux nues; l'eau bouillonna en grondant contre cet amas de corps qui lui barrait le passage; enfin un nouveau rang tomba encore, et l'on n'entendit plus de cris de désespoir, plus rien, car c'était le dernier! La vague heurta quelques minutes cette digue de corps humain, en se couvrant d'une écume sanglante; puis elle bondit, s'élança par dessus les cadavres, et ils disparurent pour jamais.

Les contrebandiers restèrent seuls sur la grève.

Pendant que ceci se passait au bord du Rhône, une lutte partielle et bizarre avait lieu sur le champ primitif du combat, dans le fond du val d'Embrun.

Lorsqu'ils battaient en retraite, les soldats de troupe royale avaient vu les gendarmes prisonniers garottés à leurs arbres, et, ne pouvant s'arrêter pour les secourir, leur avaient jeté une des torches de résine qu'ils portaient dans le bois, afin qu'ils s'en servissent pour brûler leurs liens et se délivrer. Le flambeau était tombé à quelques pas du vieux brigadier, qui le voyait sans pou-

voir l'atteindre; il jetait des cris de rage de voir qu'on combattait avec les
contrebandiers et qu'il ne pouvait en
être, pour accomplir enfin son vœu; il
se débattait dans ses liens avec des efforts si violents qu'il finit par dégager
un de ses bras et saisir la torche. Avec
ce secours, il détruisit aussitôt ses liens,
ceux de son fils et de ses deux camarades, et tous quatre, en liberté, ramas-
sèrent des armes sur le champ de bataille.

Au même instant, des contrebandiers, qui veillaient aux arrière-postes.
les aperçurent dans l'obscurité et se
précipitèrent sur eux. Un combat à ou-
trance s'engagea.

Le vieux brigadier venait de terrasser un de ses adversaires, et allait lui passer son sabre au travers du corps. Chicner, qui revenait, après la victoire, accourut au secours de son camarade, tira un coup de pistolet au hasard, et tua le fils du brigadier, qui prêtait main-forte à son père. Celui-ci, frappé de stupeur, lâcha sa proie.

— Je suis fâché d'avoir tué ton garçon, lui dit Chicner ; excuse-moi, mon gendarme, c'était sur toi que je tirais. Voilà ton second fils mort, quand tu n'as pas encore vengé le premier..... Que veux-tu, mon vieux, il était dit que tu ne boirais pas encore de l'eau-de-vie demain.

— Je ne boirai ni eau-de-vie, ni vin, nom du diable ! que je n'aie fait pendre, rouer, brûler, damner deux contrebandiers au lieu d'un.

On renvoya les trois gendarmes en liberté. Après le combat qui venait de se passer, il ne pouvait rester aucune crainte, et la troupe des contrebandiers, décimée, mais fière de son triomphe, n'avait plus qu'à continuer sa route.

Mandrin, accompagné seulement de son fidèle Bruneau Grand'Moustache, reprit le chemin du pic d'Angor, pour retourner de là au camp de Saint-André. Mais à peine eut-il fait quelques pas, que son vieux compagnon s'aperçut, à la faiblesse de sa marche, qu'il était blessé. En effet, le capitaine ne pouvait avancer davantage; il s'assit défaillant sur l'herbe, et le sang recommença à couler de la blessure qu'un coup de feu lui avait faite à l'épaule.

— Bon ! dit Bruneau d'un ton rude et désolé, vous voulez toujours marcher le premier sous le feu, et voilà ce qui arrive ! Morbleu, mon capitaine, vous m'avez volé cette blessure !

— Mon pauvre Grand'Moustache, tu en as assez reçu pour moi !

— Non pas assez, tant qu'il me reste une goutte de sang dans les veines; je suis là pour ça. Les autres se battent pour le butin, c'est bien; moi je m'en soucie comme d'une vieille pipe. Je veux seulement être auprès de vous, recevoir les balles qu'on vous envoie,

vous aider à vaincre et entendre crier :
« Vive le capitaine ! »

— Mais tu te feras tuer, et j'aurai
perdu mon meilleur ami.

— Tuer ! s'ils s'avisaient de me tuer,
je crois que le corps du vieux Bruneau,
tout mort qu'il serait, se dresserait encore devant vous pour vous faire un
rempart... Mais, mille diables ! il ne
s'agit pas de cela en ce moment. Voyons,
votre cheval est tombé dans la bagarre,
pourrez-vous marcher pendant les six
lieues qui nous restent à faire?

— C'est impossible... mes forces sont
épuisées.

— Et si nous restons ici, quelques-
uns des premiers fuyards de ceux qui
n'ont pas fait le saut dans le Rhône,

peuvent nous rejoindre... ca va bien ! et pas un cheval, mille bombes ! pas l'ombre d'un cheval !

Tandis qu'il se lamentait ainsi, Bruneau vit une compagnie de marchands de bestiaux, munis de nombreuses lanternes pour conduire leurs bœufs accouplés, descendre la route de la colline, à peu de distance du massif de chênes dans lequel il était caché avec son chef. Un jeune garçon, de gentille tournure, et monté sur un beau cheval, cheminait côte à côte des négociants campagnards.

— Ah ! dit Grand'Moustache en le regardant, si tu n'étais pas si bien accompagné, mon petit bonhomme, je t'aurais bientôt fait descendre de cette

monture qui nous conviendrait joli-
ment.

Mais les bouviers disparurent bientôt derrière les arbres, et Bruneau ne
vit plus que les lanternes qui s'éloignaient.

Un moment après, il entendit, près de
lui, dans les branchages, une voix douce
comme un gazouillement d'oiseau, qui
disait :

— Capitaine Mandrin, capitaine....

— Ah! Lolotte est ici ! s'écria avec
joie le soldat, en écartant promptement
les broussailles du taillis.

Alors il vit le joli garçon de la route
conduisant son cheval par la bride. Lolotte s'habillait souvent en homme pour
sortir du camp. Ce jour là, ayant voulu

venir sur la route de Saint-Romain, à
la rencontre du capitaine, la fusillade
entendue de loin l'avait fait se diriger
vers le val d'Embrun, et, le bruit du
combat venant seulement de cesser, elle
s'était instinctivement réunie aux marchands de bestiaux pour voyager plus
en sûreté jusqu'au sentier détourné qui
la conduirait dans le vallon. Elle y arri-
vait maintenant, en murmurant le seul
mot qu'elle sût dire :

— Capitaine Mandrin !

— Tiens, le voilà ton capitaine, mais
en triste état ! regarde, il est blessé.

La jeune idiote se précipita vers le chef
adoré de tous ses gens, et s'agenouilla,
près de lui, au pied de l'arbre. Vivant
au milieu de cette peuplade guerroyante,

elle avait toujours sur elle un baume favorable à la guérison des blessures, dont la composition était particulièrement connue des femmes de son pays, et que, sans aucune ressource d'intelligence, elle pouvait préparer avec les simples des montagnes. Elle en posa un appareil sur l'épaule déchirée de Mandrin et l'y tint longtemps fixé.

La belle jeune fille, rose et animée de fraîcheur et de santé, était ainsi penchée sur le blessé, soutenant sa tête d'une main, et, de l'autre, pressant l'élixir sur sa plaie; elle lui faisait un soutien de ses bras, un baume de sa pure haleine, et du doux regard qui tombait de ses yeux; elle semblait lui donner le souffle de sa vie. Mandrin, sous cette douce influence, sentait la douleur s'effacer rapidement, la blessure se fermer, la force revenir.

Bruneau le regardait, et il était heureux comme un Dieu.

— Ce que c'est que les femmes! disait-il; celle-ci, qui n'a pas deux grains d'esprit dans la tête, sait pourtant mieux le guérir que moi... Attends, ma petite Lolotte, ceci va achever de le remettre.

En disant cela, il approcha sa gourde d'eau-de-vie de la bouche du capitaine.

Lolotte, d'un revers de main, fit sauter la gourde et l'envoya à la moustache du soldat.

— Merci, ma mignonne, je saurai

bien prendre à boire moi-même sans que tu me serves aussi rudement. C'est égal, ton idée est bonne, et je vais la suivre.

Et il avala la liqueur d'un trait.

Cependant Charlotte, voyant que la pâleur ne quittait pas encore le visage de Mandrin, se pencha à son oreille et prononça un nom bien bas.

Le blessé tressaillit et de vives couleurs se répandirent sur son visage.

— D'où sais-tu ce nom? qui te l'as appris? s'écria-t-il en fixant sur elle un regard qui l'interrogeait avec ardeur.

Mais comme la pauvre idiote ne répondit ni des yeux ni de la bouche.

— C'est vrai, reprit-il, tu ne peux rien me dire.

Elle secoua la tête, comme si elle eût compris cette triste réflexion.

— Serait-il vrai, pensa Mandrin, que ces êtres, dépourvus de pensées, ont des révélations intérieures? Oh! ce serait donc le ciel qui m'enverrait ce nom par la bouche de cette enfant...

Le capitaine se sentit enfin entièrement ranimé. Il monta le cheval amené par Lolotte, tandis que Bruneau conduisait la monture le long des défilés tortueux et que la petite fille, qui avait eu l'adresse de dérober une de leurs lanternes aux marchands de bœufs, marchait devant pour éclairer la route. Ils cheminèrent ainsi tout le reste de la nuit.

Arrivés à mi-côte de la montagne, ils
laissèrent la monture du capitaine dans
l'endroit où se trouvaient les chevaux du
camp, qui ne pouvaient gravir jusqu'au
sommet; puis ils montèrent lentement
les sentiers escarpés du *Mont-Désert.*

Le jour commençait à se montrer par
une blancheur matte répandue dans les
brumes de l'horizon; l'air, qui se changeait en glace un peu plus haut, dur-
cissait déjà les étroits chemins, bordés
de ronces et de broussailles; dans ces
touffes jaunes paraissait la tête pointue
du blaireau qui sortait de son terrier,
tandis que le chamois bondissait par
dessus; plus loin on apercevait la forme
noire du loup nocturne, qui passait
sous une voûte de brouillards pour rentrer dans sa caverne.

— N'est-ce pas un ours que j'aperçois là, dans la brume? dit Bruneau en armant son fusil.

— La couleur en est semblable, répondit le capitaine, mais c'est tout bonnement le père capucin qui sort du camp où il s'est sans doute lassé de m'attendre, et il n'est pas étonnant qu'il ait la démarche aussi lourde que celle d'un ours, car il emporte sur sa conscience tous les sermons qu'il n'a pu me débiter.

Un instant après, nos trois personnages étaient arrivés dans le camp, dont le réveil s'annonçait par un bruyant éclat de voix et le cliquetis des armes qu'on préparait le matin. Lolotte disposait le déjeuner du capitaine; Bruneau embrassait son petit enfant dans sa couche de feuillage, où il venait de s'éveiller au chant des oiseaux; et Mandrin, très-affaibli de la perte de son sang, était assis sur le banc placé à côté de sa grotte.

— Ah! je tiens mon homme et ma tabatière! s'écria une joyeuse voix qui partait de l'angle du rocher, et Mandrin, en levant les yeux, vit la bonne figure du père Gaspard devant lui.

— Oui, oui, reprit le moine, j'avais oublié sur ce banc la précieuse boîte de corne qui ne me quitte jamais... Heureusement, je suis revenu sur mes pas pour la prendre, et je vous rencontre enfin, après vous avoir vainement attendu pendant deux jours.

Le capitaine voulait absolument se
defendre d'écouter en ce moment le
prêche du religieux, et il alla se réfugier dans l'intérieur de la grotte, où son
déjeuner était préparé; mais le père
Gaspard l'y poursuivit, s'assit près de
lui de vive force, avec un air d'agitation
tout nouvellement répandu sur cette
face ronde et pacifique, et la portière se
referma sur eux.

DAVID.

XII.

La nouvelle de l'échec éprouvé par
le détachement des troupes royales dans
le val d'Embrun s'était bien vite répandue par toutes les provinces méridio-
nales de la France, et y avait produit
la plus vive sensation ; la terreur du

nom de Mandrin en était encore redou-
blée. On disait même que grand nombre d'habitants des campagnes, mécon-
tents de leur sort, et éblouis par la fortune extraordinaire de ce chef de contrebandiers, songeaient à se ranger sous
son enseigne. On ne savait donc plus où
le mal s'arrêterait et si le brigandage
ne deviendrait pas une insurrection générale.

Quelques jours après cet événement,
monsieur de Marillac était seul dans son
cabinet de travail, assis devant un bureau et calculant le total des pertes su-
bies par la ferme générale à l'invasion
des contrebandiers dans la ville de Saint-
Romain ; pertes dont une partie avait été
supportée par le gouvernemen, mais

dont le plus grand poids était retombé sur sa propre fortune.

L'intérieur où il travaillait était froid, morne et sombre comme son front vieilli par le souci et l'ambition. Ses fenêtres étaient doublement fermées par des jalousies vertes et des rideaux de la même couleur, soit pour protéger ses yeux affaiblis, soit par un instinct de sa nature qui lui faisait fuir le grand jour. Cependant, par instant, il se détournait de son bureau, soulevait la draperie de soie verte, et regardait la cour dans laquelle s'élevait l'oratoire gothique, dont une croisée ouverte lui laissait voir son fils agenouillé devant un Christ d'ivoire, et pâle, souffrant, exhalant la douleur par tous les pores, comme le Dieu-martyr qu'il adorait.

Un domestique apporta une lettre au fermier-général ; elle était du lieute-nant-criminel de Valence et contenait ce qui suit :

« Mon cher ami,

« Il se prépare un grand et heureux événement qui va mettre en émoi toute la province : quoique le secret doive encore être gardé, je vous communique cette bonne nouvelle pour que vous soyez le premier à en goûter le con-tentement. Quelques-uns de nos briga-diers sont enfin sur la piste du trop cé-lèbre Mandrin, et ont juré sur leur tête de nous le livrer dans peu de jours. Le procès s'instruira à Valence, et vous pensez quel concours de monde y amènera cette affaire, dans laquelle vous serez aussi appellé comme un des principaux témoins. Heureusement la récolte des truffes a été excellente cette année, et on pourra ne pas s'en faire faute dans les nombreux repas qui seront donnés à cette occasion. N'oubliez pas, mon cher Marillac, que c'est chez moi que vous devez en manger, assaisonnées de bon vin et de bonne amitié.

Votre affectionné,

De Moryal. »

A cette nouvelle, qui aurait dû lui donner la plus grande satisfaction, le fermier-général resta immobile, pétrifié; son regard devint fixe et terne, les creux de ses joues s'approfondirent da-

vantage sous les os saillants de sa face
bronzée, et on eût pu le croire frappé
de mort subite, sans le mouvement de
ses doigts qui broyaient convulsivement
la lettre du magistrat.

Il sortit de cet état de stupeur par un
tressaillement subit, regarda encore la
fenêtre de l'oratoire où, dans ce moment, il n'y avait plus personne, tira
la sonnette par un mouvement violent,
et ordonna au domestique qui se présenta de lui envoyer de suite l'abbé
Dominique.

Le père dominicain parut et le
jeune David était avec lui.

— Mon père, dit Marillac, en s'a-
dressant au moine sans oser lever les
yeux sur son fils, je voulais vous con-

seiller de faire faire à Notre-Dame de nouvelles prières publiques pour la délivrance de notre malheureux pays.

— Auriez-vous reçu la nouvelle de quelque nouveau malheur? demanda le religieux.

— Oui, le lieutenant-criminel de Valence m'écrit que notre terrible ennemi a lassé le courage de la force armée de la province, qui refuse désormais de marcher contre lui.

— Dieu puissant! le Dauphiné sera donc livré sans défense à ces infâmes brigands!

— Le Dauphiné et bientôt toute la France, car le nombre de cette bande forcenée s'accroît d'une manière effrayante. Une foule de paysans de nos

montagnes, séduits par un odieux exemple, quittent le travail honnête qui les
nourissait, pour aller avec ces bandits
vivre de rapine et de sang humain.

— C'est, en effet, ce qui arrive tous
les jours, dit le père Dominique; le
drapeau sanglant de ces bandits menace
de devenir celui d'une insurrection générale.

— Vous voyez bien, mon père, reprit monsieur de Marillac, qu'il faut
vous réunir aux saints pasteurs de nos
églises, et appeler en secours les prières
des bonnes âmes qui peuvent attirer
sur nous la miséricorde du ciel.

— C'est inutile, mon père, dit David d'une voix profonde; l'exemple a
trop prouvé que les prières étaient vai-

nes comme les armes : il ne nous reste plus qu'à aller frapper l'ennemi au milieu de son camp, au milieu de sa victoire. Il faut vaincre par ce moyen ou perdre tout espoir.

— Celui qui doit le tenter est-il bien sûr de son courage? dit le fermier-général d'un accent étouffé.

— Il n'hésitera pas.

— Et quelle heure a-t-il marquée?

— Ce soir pour le départ, demain pour l'exécution.

De la prunelle terne de Marillac il partit enfin un éclair mêlé de joie et de terreur; il contempla avec une espèce d'extase la noble et courageuse victime.

— Songe à prendre les armes qui

pourront le mieux te servir, et conserve de la prudence même dans l'héroïsme, dit-il à son fils en le tutoyant pour la première fois.

— Les meilleures armes sont là, répondit David en mettant la main sur son sein.

— Les chemins des Alpes sont difficiles et froids; prends le plus fort de nos chevaux et enveloppe-toi de fourrures.

— La nuit sera noire, dit le jeune homme avec un fugitif et amer sourire; c'est là l'enveloppe qu'il me faut.

— La maréchaussée de la ville est à ma disposition : je te ferai accompagner par le nombre d'hommes que tu voudras.

— Celui qui a besoin d'un miracle pour se sauver ne peut pas attendre de secours de quelques soldats.

— Le père Dominique t'accompagnera, dit Marillac d'une voix encore plus tremblante.

— Pour lui, en effet, il doit me suivre, car ce voyage contiendra sans doute le pas difficile qu'un prêtre doit nous aider à traverser.

Ces paroles retentirent douloureusement dans le sein du vieux Marillac ; il regarda son fils, puis leva les yeux au ciel. On eût pu voir en ce moment que si, par des insinuations perfides et cruelles, il poussait son enfant au meurtre, et peut-être à la mort, il était poussé lui-même par une nécessité implacable.

David s'approcha de son père pour lui prendre la main avant de le quitter. Marillac laissa échapper un sanglot sourd, une larme vint à sa paupière, et dans cette poitrine desséchée, dans ces yeux arides, les pleurs, inconnus depuis longtemps, se firent jour avec tant d'efforts qu'il en fut brisé, et s'appuya sur le dos du fauteuil qui se trouvait près de lui pour ne pas tomber.

David goûta dans ce seul instant, dans cette seule larme, la douceur que les autres enfants recueillent pendant tout le cours de leur vie de la tendresse paternelle ; il fut heureux de ce danger, auquel il devait le bienfait d'avoir un instant possédé un père, et, se penchant sur la main du vieux Marillac, il lui dit avec une effusion de cœur aussi toute nouvelle pour lui :

— Mon père, ne désespérez pas de me revoir ; l'audace d'une entreprise fait quelquefois sa sécurité, et des coups aussi téméraires ont été couronnés du succès... Si je survis à cette épreuve, songez combien mon existence sera plus belle, marquée par une action glorieuse, honorée de l'estime et de la reconnaissance de mon pays.

La journée avançait, David quitta son père pour se rendre à l'hôtel de Chavailles, où il voulait voir Isaure encore une fois, et lui adresser dans son âme un tendre et solennel adieu.

Il n'y avait personne au salon quand

il arriva, et il allait monter chez le
comte de Chavailles, quand le baron
d'Alvimar entra. Il fut doux pour David
de rencontrer en ce moment le seul
ami à qui il eût parlé de son projet, en
y joignant la confidence des doutes et
des faiblesses qui l'avaient longtemps
combattu.

Exalté par l'approche du moment
décisif, David parlait de sa sainte mis-
sion avec une éloquence pénétrante :
c'était l'accent clair, élevé, vibrant
d'une immense confiance en Dieu ; c'é-
tait la voix divinement harmonieuse
qui n'avait pas résonné sur la terre depuis les derniers adieux des martyrs
chrétiens.

Au commencement de son entretien,

David avait cru remarquer un léger
bruit dans un cabinet de travail, dont
la porte donnait dans la cloison du salon devant laquelle il se promenait à
pas lents avec d'Alvimar ; mais, n'entendant plus rien, il continuait les con-
fidences de cette entreprise extraordinaire.

— Oui, dit-il, je partirai ce soir
même.

— Hélas! je le savais, dit à demi-
voix d'Alvimar.

— Je franchirai cette nuit les terres
habitées, continua David sans avoir pris
garde à l'interruption de son ami, je
prendrai les vêtements d'un pâtre, pour
n'être pas remarqué dans ces montagnes sauvages; au lever de soleil pro-

chain, j'arriverai à ces monts inconnus
dont les brigands se sont plu à domp-
ter les aspérités rebelles, parce que cela
semblait impossible à l'homme, et, la
nuit suivante, je serai peut-être bien
près de l'antre où dort l'ennemi.

— Etes-vous sûr de pouvoir le découvrir?

— Je vous ai dit qu'une carte envoyée
par une main mystérieuse m'indiquait
les sentiers escarpés ou souterrains qui
y conduisent... Et puis, dans de semblables instants, autre chose que la vue
nous guide, autre chose que les pas
nous emporte sur le chemin.

La physionomie de d'Alvimar con-
trastait beaucoup en ce moment avec
celle du jeune enthousiaste: malgré l'a-

mitié qui eût dû lui faire partager les émotions de David, et lui donner les plus vives craintes pour sa vie, on ne voyait sur les traits du baron qu'un sourire d'incrédulité pour la réussite du projet dont on lui faisait part, joint à l'expression d'une douce pitié pour le jeune homme et d'une tendresse profonde.

— Est-il possible, dit-il à David, que vous renonciez si follement à la vie, à vingt ans, et quand nul sujet de chagrin ne vient troubler votre raison !

— Homme du monde, vous comprenez bien qu'on se brûle la cervelle ou qu'on se jette dans la rivière par désespoir d'amour ou de fortune, et vous ne comprenez pas qu'on expose ses jours dans l'espoir de la vie éternelle.

— Et qu'avez-vous fait de ces remords qui vous tourmentaient à la pensée d'aller massacrer celui qui vous a
sauvé la vie ?

— Par une dernière grâce, le ciel les
a fait disparaître. J'ai jeté loin de moi
l'arme que m'a laissée le brigand. Je
n'ai pour le percer que ce faible poignard qui repose là dans ma ceinture.
Mais cette arme est bénie par l'espérance, le courage et la foi ; elle saura
porter un coup vainqueur !

— Et s'il en était ainsi, pensez-vous
que ce coup resterait sans vengeance ?

— Qu'importe que ma tombe s'ouvre, quand, pour consoler mon ombre,
il viendra retentir autour d'elle l'hymne
de reconnaissance et d'amour de toute
la France délivrée.

— Malheureux !

— Oh ! ne dites pas malheureux, je crois et j'espère !

Le front de David rayonnait d'un éclat surnaturel, comme celui de l'archange au moment de terrasser le démon.

La porte du cabinet s'ouvrit. Isaure parut, et cette lumière radieuse, qui se voyait sur les traits du martyr, éclairait aussi ceux de la jeune fille. Elle passa un bras autour de David et pour la première fois le serra sur son cœur, tandis que son visage, d'où s'éloignaient ses beaux cheveux noirs, offrait au jeune homme une exaltation digne de se fondre avec la sienne, un regard qui, semblable à un rayon du ciel, devait encore enflammer son courage.

XIII.

Le surlendemain, à onze heures du soir, d'Alvimar, à l'aide de son échelle de soie, avait franchi le mur du jardin et, dans l'ombre et le mystère, se dirigeait vers l'appartement d'Isaure.

Depuis la nuit où l'invasion des deux

Maintenant tu sais quelle destinée est marquée pour moi, quelle grande tâche il me faut accomplir avant de revenir à tes pieds; tu le sais et tu me bénis; ton âme est unie à la mienne: elle me couvrira de ses ailes pendant le douloureux voyage, elle marchera comme un esprit céleste devant moi; et je parviendrai toujours à une fin digne de Dieu et de toi, que ce soit ou le succès ou la mort. Ainsi, quoiqu'il arrive, ne me plains pas; adieu, adieu.

Il la serra dans ses bras et sortit précipitamment.

D'Alvimar aussi s'éloigna sur ses traces.

LE BONHEUR EN CE MONDE.

Isaure avait tout entendu tout compris; le mystérieux dessein de David
lui était maintenant connu dans toute
son audace et sa sublime abnégation.
A cette révélation soudaine, la jeune
fille avait repris un instant sa piété ardente et passionnée; elle comprenait le
dévoûment de David, elle aurait voulu
le partager. Cette religion chevaleres-
que, cette intrépidité délirante allait
bien à son esprit de femme, à son enthousiasme naturel qui ne demandait
qu'à s'exercer, et l'eût rendu capable
de s'élever elle-même à ces grandes ré-
solutions qui flottent au-dessus de tous
les intérêts terrestres. Elle ne disait rien
à David pour le détourner de son sacrifice, et eût frémi de l'y encourager,

mais elle le serrait dans ses bras; elle oubliait un moment pour lui tout le reste du monde; elle l'aimait.

Par une contradiction étrange, d'Al-vimar, qui avait souri du fanatisme du jeune homme, tressaillit de douleur en trouvant ce même sentiment dans l'âme d'Isaure. Ce n'était pas la misérable jalousie de la voir un moment sur le sein de ce jeune infortuné qui le faisait frissonner ainsi; sa souffrance venait de plus haut. Pâle comme la mort, appuyé contre la muraille et les bras croisés, il les regardait tous deux en silence.

— Isaure! Isaure! s'écria David, je ne croyais pas que cet adieu serait si doux! il vaut tout une vie de bonheur.

voleurs avait causé une si cruelle épouvante à mademoiselle de Chavailles,
elle n'avait plus osé confier ses entre-
vues secrètes à cette enceinte de feuillage qui les abritait si mal ; ne pouvant renoncer à la vue de d'Alvimar,
sans laquelle il lui était alors impossible de vivre, elle avait consenti à le recevoir ce soir-là chez elle. Isaure n'avait
que dix-huit ans, et l'amour ayant rem-
placé Dieu dans son âme, la sagesse
humaine ne pouvait pas encore la gui-
der et opposer de frein aux désirs de
son cœur.

Le hasard servait ses vœux. Madame
Blondeau était depuis quelques jours
dans la petite maison des bords de l'I-
sère, occupée à faire enlever le peu

d'objets demeurés dans la partie du
bâtiment où la flamme s'était arrêtée
lors de l'incendie allumé par les contrebandiers. La chambre qui conduisait à celle d'Isaure restait donc inhabi-
tée. Eustache, qui couchait autrefois
dans une loge pratiquée au pied de
l'escalier qui donnait sur le jardin, avait
quitté le service de M. de Chavailles
pour succéder à un de ses oncles dans
la place de geôlier de la prison de Valence, et le poste du jardinier de l'hôtel était encore vacant. Ces circonstances ouvraient à d'Alvimar un libre passage jusqu'à l'appartement consacré de
la jeune fille.

Le baron, cependant, s'arrêta un
instant avant de franchir les premiers

degrés de l'escalier. Du haut du perron, il se tourna du côté du nord et regarda un instant dans l'espace, comme si malgré la nuit et la distance il eût pu voir la chaîne des montagnes vierges qui, de ce côté de l'horizon, unissaient leur immensité inaccessible à celle du ciel. Les heures de la nuit sonnèrent ; il écouta attentivement ce son qui s'unissait à ses pensées, Puis il monta l'escalier d'une démarche heureuse et fière, comme si les réflexions qu'il venait de faire et la coïncidence de temps qu'il venait d'observer eussent donné plus de solennité à son entrée mystérieuse dans cette demeure.

D'Alvimar, dont les pas n'avaient soulevé aucun bruit, s'arrêta un instant sur le seuil de la chambre d'Isaure, et regarda la jeune fille dans son paisible et gracieux intérieur.

Isaure, malgré les troubles de la passion qui remplissait son âme, malgré les battements de cœur douloureux et violents qui marquent toujours le moment de ces rendez-vous clandestins, avait été absorbée quelques minutes par la pensée de David, de David destiné par le ciel et par son père à être son époux, et qui, au lieu d'avoir contracté une union où il goûterait un paisible bonheur, marchait dans cette soirée même à une mort presque certaine, dans l'espérance la plus aventureuse de délivrer son pays du fléau qui l'opprimait. Elle priait pour lui.

Elle était agenouillée, le dos tour-
né à la porte d'entrée, devant un prie-
dieu revêtu de riches ornements, près
duquel se trouvait aussi le portrait de
sa mère, ce portrait qu'elle avait arra-
ché elle-même de l'incendie, et que par
respect et contrition elle couvrait d'une
gaze, depuis qu'elle se jugeait indigne
de laisser tomber sur elle le regard de
cette vertueuse mère.

Une blanche et molle clarté flottait
autour de la jeune fille; la fenêtre ouverte laissait entrer l'air pur de la nuit
chargé des émanations des fleurs; le
tapis de pied, soyeux et velouté, était
couvert des pétales des camélias et des
roses blanches, que l'air enlevait aux
plantes du balcon et répandait par
toute la chambre.

D'Alvimar entendit ces mots qu'I-
saure prononçait avec l'accent de la
plus ardente ferveur, en priant pour
David :

— Mon Dieu ! bénissez celui qui s'arme en ce moment pour votre cause ;
regardez-le comme le plus fidèle de
vos serviteurs ; portez sur lui ce regard
qui donne la force à vos élus, et son
bras effacera le méchant de la terre
comme le vent emporte un grain de
sable. Prenez pitié de notre malheureuse contrée ; voyez, mon Dieu ! tout
ce que vos créatures ont souffert en ex-
piation de leurs péchés. Puisque le
sang du maudit peut seul éteindre le
feu de révolte et de guerre qui désole
nos cités, faites qu'il soit versé jusqu'à

la dernière goutte ; que l'ennemi des hommes et de votre sainte église descende dans la tombe pour n'en jamais sortir et soit damné pour l'éternité !

A ces mots, Isaure se retourna et vit d'Alvimar derrière elle.

Il était là, silencieux, immobile, la tête penchée sur sa poitrine, le regard fixe et sombre. Isaure fit un mouvement pour se jeter dans ses bras, il la repoussa doucement.

— Comment, lui dit-il, une âme aussi pure que la vôtre peut-elle s'élever au ciel pour y porter des vœux de meurtre et de vengeance !

— O mon Dieu ! qu'avez-vous ? s'écria la jeune fille, ne s'inquiétant que de son air de souffrance.

— Savez-vous bien, Isaure, qu'une prière si fervente doit être entendue, que l'homme voué ainsi à la vengeance céleste doit périr !...

— Eh bien !

— N'avez-vous donc pas pensé que ce brigand, tout odieux qu'il vous semble, a des êtres qui l'aiment sur la terre... et que vous êtes bien cruelle envers eux !

— Je n'ai pensé qu'à lui.

— Eh bien ! lui, lui qui est un homme enfin, voudriez-vous le voir là, à vos pieds, percé de coups, sanglant, raidi, et vous regardant avec des yeux que la mort aurait éteints?

L'aspect de ce cadavre qui s'offrait, par la pensée, dans cette atmosphère

embaumée, sur ce tapis soyeux et semé de fleurs, avait un effet d'horreur
inexprimable.

— Oh ! qu'elle affreuse image ! s'é-
cria Isaure en se jetant sur le sein de
Louis pour s'y cacher.

Elle prit la main de son amant et la
trouva froide; puis en relevant les yeux
sur lui, elle fut frappée de l'altération
de son visage, qui semblait peindre à
la fois la douleur physique et morale.
— Mais, mon Dieu, qu'as-tu donc?
répéta-t-elle avec impatience, en en-
tourant son amant de son bras et l'attirant vers elle, qu'as-tu ! réponds-moi
donc, tu es pâle comme la mort.

— Je croyais que tu ne savais qu'aimer, dit-il, en reposant sur la jeune

fille ses grands yeux humides et pleins
de tristesse.

— Eh bien ! voyons, je ne m'occu-
perai plus que de toi, tu es bien sûr
alors que je serai tout à l'amour ; mais
dis-moi ce qui te rend triste et malade ?

— Je ne sais... la fatigue... Depuis
deux jours j'ai fait des courses pénibles,
et je suis venu ici en descendant de
cheval.

Elle regarda autour d'elle, cherchant
quelque liqueur à offrir à d'Alvimar,
quelque vin généreux qui pût le remettre de ses fatigues ; mais sa chambre de
jeune fille ne contenait rien de semblable. Elle descendit du pas le plus rapide et le plus léger à la salle à man-

ger, et rapporta, dans une serviette
serrée contre elle, comme un précieux
trésor, des flacons de vins, des biscuits,
des fruits glacés.

Elle plaça sur un guéridon les flacons étincelants, les fruits dans leurs
soucoupes de vermeil, puis attira la table près du canapé, et revint s'asseoir
à côté de d'Alvimar.

Cette douce attention ramena le sourire sur le visage du jeune seigneur. Au
fait, il était si heureux de souper là,
seul avec Isaure, dans son intérieur le
plus intime, comme s'il eût été uni à
elle pour la vie! Le bonheur était si
parfait, pourquoi songer à autre chose?
Le moment présent était si beau, pourquoi s'inquiéter de la veille et du lendemain?

L'air était imprégné des plus exquises senteurs; la lampe d'albâtre, qui pendait au plafond, répandait sur tous les objets une lueur vague et pleine de prestige; çà et là étaient semés les accessoires à l'usage d'Isaure; son chevalet, son métier de broderie, sa harpe, qui semblait résonner encore; toutes ces choses sur lesquelles restait l'empreinte de la jeune fille, et qui augmentaient sa présence pour son amant, qui la mettait à la fois partout autour de lui et dans ses bras. A droite était la couche d'Isaure, à demi-cachée sous ses rideaux de soie blanche; à gauche le balcon, qui offrait une riche guirlande d'orangers, de jasmins, de lauriers-roses, et au-delà, le ciel étincelant d'étoiles ; en face, un grand panneau de glace, où se reflétait la belle et radieuse image des deux amants.

Isaure, svelte et légère, blanche et suave créature, en présidant à tout ce bonheur, semblait moins une femme qu'une fée qui l'avait fait naître sous sa baguette enchantée.

Elle regardait l'image de Louis dans la glace.

Au fond de cette réverbération éblouissante, la beauté régulière et animée du jeune homme se rehaussait encore de plus d'éclat. Comme le sopha sur lequel ils étaient assis tous deux était, ainsi que le lit, drapé d'une étoffe blanche, que retenait au sommet une couronne de comte, la figure de d'Al-

vimar se montrait dans le miroir cou-
ronnée de ce riche blason.

— Regardez, dit Isaure, comme cette
couronne fait bien au-dessus de votre
front !... C'est que vraiment, monseigneur, votre tête semble être faite pour
porter le diadême.

— Enfant !

— Non, je parle sérieusement.....
Écoute, Louis, tu ne m'as jamais parlé
de ta famille, mais je suis sûre qu'elle
est au moins de sang royal.

— Et si cela n'était pas, m'en aime-
rais-tu moins ?

— Non, car je suis certaine que tu
as au moins la royauté de la vertu, que
ta vie est noble et sage entre toutes
celles des sages.

— Et comment le sais-tu?

— C'est bien facile à voir : si tu avais nourri des pensées injustes et cruelles, si tu avais commis des actions coupables, ton front ne serait pas si uni et si pur, tu ne lèverais pas ainsi sur moi ce regard limpide et beau, tes mains n'oseraient pas prendre les miennes et les serrer.

— Isaure!...

— N'est-il pas vrai?...

— Tu ne sais donc pas que quand je suis près de toi, tout le passé s'efface de ma mémoire : qu'eût-il les plus orageux et les plus terribles souvenirs, je l'oublierais encore pour ne voir que cette heure du ciel qui nous unit.

— C'est une raison de plus de croire

que ta vie est sans tache, ton cœur loyal et pur; les nobles âmes peuvent seules savoir aimer. Comment les méchants, formés aux pensées egoïstes et perverses, accoutumés à sacrifier les autres à leurs féroces jouissances, pourraient-ils connaître l'amour; l'amour dont l'essence est toute de bonté et de caresse, dont le souffle est la générosité et le dévoûment; l'amour qui fait découvrir le secret sublime de vivre dans un autre être, et de s'enivrer du bonheur qu'on donne!

— Isaure, dit-il avec un accent profond, sans cette vertu que tu me supposes, sans cette beauté intérieure que tu rêves en moi, tu ne pourrais donc pas m'aimer?

— Et pourquoi t'aimerais-je? Pour les admirables perfections de ta figure? on n'aime pas une belle statue; pour ton esprit séduisant? on n'aime pas un joli livre. La beauté est partout dans la nature, l'esprit est dans toutes les œuvres des arts, la vertu n'est que dans l'homme, et c'est lui qu'on aime d'amour...

— Laisse tout cela, Isaure, dit Louis en se levant avec agitation, ne raisonne pas ainsi, n'apporte pas les froides distinctions de la pensée dans le sentiment.

Il regarda l'enceinte charmante qui le renfermait, toucha avec amour les objets épars sur lesquels restait un suave parfum de jeune fille, et ajouta :

— Je ne vois de tout l'univers que cette retraite bienheureuse qui nous abrite : ainsi, ne cherche à voir en moi que l'amant qui t'adore.

— Oh! c'est impossible, ami, tu ne m'as jamais rien dit de ton existence passée : mais va, je l'ai bien devinée! j'ai trouvé moyen de la reconstruire dans ma pensée; j'y ai mis de belles actions, des traits de bienfaisance et de bonté, une équité parfaite pour tous, une protection constante pour l'opprimé. Sous l'esprit et la grâce que tu montres dans le monde, j'ai connu tout ce qu'il y a de beau dans ton âme, tout ce que tu te plais à cacher sous une digne réserve... Tiens, c'est comme cette coupe où je te verse à boire : le vin qui flotte dessus n'est que coloré et pétillant, mais on voit l'or au fond.

Il s'approcha vivement, prit le vase des mains d'Isaure, y fit tremper les lèvres de la jeune fille, et ensuite la vida d'un trait.

— Oui, dit-il, tu as raison, cette coupe est toute ma vie, car c'est l'oubli et l'amour...

Puis se jetant aux pieds d'Isaure, pressant son sein contre les genoux de la jeune fille, son visage dans ses mains délicates et douces :

— Oh! tu ne sais pas, dit-il, tout le bonheur que tu me donnes! tout ce que tu fais pour moi! Quand je t'ai connue, l'amour est venu avec toi dans mon âme, comme un éclair tout de lumière

et de feu... Tu es pour moi une nouvelle vie, un autre monde, une vision
de Dieu dans les ténèbres; tu m'as fait
aimer, être aimé, être heureux!...Pour
ce bien du ciel, Isaure, je voudrais te
donner mon sang, mon dernier soupir,
l'éternité si elle doit s'ouvrir pour moi.

Il passa longtemps à lui parler ainsi:
tout ce qu'une passion véritable a d'accents impétueux et pénétrants, tout ce
que l'imagination enflammée peut donner de charme à l'ardeur du sang, tout
ce que l'âme a d'actions de grâce et de
reconnaissance découlait de ses lèvres
pâles et frémissantes.

Isaure l'écoutait avec extase, le contemplait en silence, ou lui répondait
par ces mots vagues, sans suite, sans

valeur, qui ne peuvent être écrits ni
parlés, et qui, soupirés par la voix de
l'amour, ont une mystérieuse éloquence et des émanations qui enivrent
de bonheur...

Et les heures de la nuit s'écoulaient,
bienfaisantes, silencieuses, sans apporter aux deux amants ni pensée étrangère, ni réveil pénible, ni le moindre
mouvement de trouble et de terreur.

Le jour était près de paraître quand
Isaure alla s'asseoir à l'entrée du balcon, et d'Alvimar sur un coussin de
velours posé à ses pieds.

Ils n'avaient jamais été si heureux.
C'était la première fois que l'amour
avait été assez puissant pour faire perdre à la fille du comte de Chavailles

tout sentiment de sa faute, tout vestige de ses remords. Les sombres nuages qui couvraient le frond de d'Alvimar, au commencement de cette soirée, avaient aussi disparu, comme sous l'influence d'un génie bienfaisant qui aurait eu le pouvoir de guérir la douleur et d'effacer la réalité même.

Ils étaient bien jeunes tous deux en amour, et par conséquent le goûtaient de même tous deux et dans toute sa fleur. Isaure n'avait que dix-sept ans ; d'Alvimar qui, bien plus âgé, connaissait une passion profonde pour la première fois, partageait toutes les naïves et fraîches émotions de sa compagne, ses enfantillages passionnés, ces voluptés exquises cueillies sur un rien.

Ils abordaient tous deux en même tems
dans ce nouveau monde, et décou-
vraient ensemble son immensité de délices, ces joies indicibles d'un regard
échangé, d'une pensée qui s'exhale
en même temps d'une étreinte mu-
tuelle.

L'approche du matin rendait le parfum des orangers plus pénétrant, la
nuit qui allait finir plus douce, l'amour
qui s'oubliait plus heureux.

Plongés dans la douce mélancolie du
bonheur, Isaure et d'Alvimar se tai-
saient, et il régnait un silence dans lequel on eût entendu frissonner l'aile
d'un oiseau. Seulement, lorsqu'un léger souffle de l'air dispersait les longs
cheveux de la jeune fille sur le cou

et les épaules de son amant, il se délectait à baiser, l'une après l'autre, leurs boucles ondoyantes.

Tout-à-coup la porte s'ouvrit avec un bruit épouvantable.

Deux soldats de la maréchaussée entrèrent, tandis que la porte ouverte laissait voir un grand nombre de brigadiers dans la pièce précédente. Les deux gendarmes se jetèrent sur l'amant d'Isaure, le saisirent de chaque côté, en disant avec un éclat de voix qui retentit comme un tonnerre subit :

— Louis Mandrin, nous t'arrêtons au nom de la loi.

Isaure se dressa et les regarda d'un œil fixe et hagard, semblable à celui de la folie.

Son amant, les yeux attachés sur elle, ne fit aucun mouvement pour se défendre; seulement il arracha avec violence une de ses mains des poignets des soldats, saisit les pistolets qui étaient à sa ceinture; mais, au lieu de s'en servir, les jeta à terre pour éviter une lutte sanglante.

— Mandrin! s'écria la jeune fille, c'est là Mandrin! Elle le montrait du doigt d'un air insensé, et répétait encore : C'est là Mandrin!

Mais à mesure que cette conviction entrait dans son esprit, son visage se creusait, devenait pâle et transparent comme celui d'un spectre.

Tout-à-coup elle se jeta vers le panneau où était le portrait de sa mère,

arracha le gaze qui le couvrait en s'é-
criant :

— Ma mère maudis ta fille, elle s'est
donnée à un brigand !

En même tems, elle vit sur le seuil
de la porte son père qui, à demi-vêtu,
était accouru au bruit, et découvrant
d'un coup-d'œil toute l'horreur de cette
scène, restait muet, immobile, frappé
de la foudre. Elle frissonna de la tête
aux pieds et roula sur le parquet.

M. de Chavailles ne la vit pas tomber : il avait vu à la fois dans le baron
d'Alvimar le chef de bandits, et dans
le chef des bandits l'amant de sa fille ;
cette fille profanée, perdue par l'amour
d'un Mandrin, sa vie d'honneur anéan-
tie, son antique maison souillée, dé-

truite : c'était plus d'opprobe qu'il n'en pouvait porter. Il saisit une arme et descendit dans son cabinet.

Mandrin, secouant avec la force d'un lion les bras qui le tenaient enchaîné, s'élança vers Isaure, se pencha sur elle et l'appela par son nom.

— Isaure, dit-il, éveille-toi, ouvre les yeux !

Elle se leva à demi, le regarda de ses yeux troubles, comme cherchant avec une curiosité inerte à voir la figure de l'affreux Mandrin dans les traits de celui qu'elle avait tant aimé.

Il lui dit avec l'accent d'une implacable fatalité ;

— Isaure, tu as prié Dieu de me condamner : ta prière a été entendue ;

mais, malgré ce que tu viens d'apprendre, tu es toujours à moi.

Ses lèvres s'entr'ouvrirent, et elle murmura d'une voix sourde :

— Oui... nous nous retrouverons... en enfer...

Et elle retomba sur le carreau, raide et glacée.

Les soldats emmenèrent leur prisonnier *.

Le silence, qui n'avait été interrompu que pendant quelques minutes terribles, revint régner dans cet intérieur; mais c'était maintenant le silence du tombeau. Une femme inanimée y demeurait seule; il n'y avait plus un souf-

* Les différents biographes de Mandrin, rapportent de la même manière, ses amours avec mademoiselle Isaure de Chavaille, et son arrestation dans la maison de cette jeune demoiselle.

fle humain, plus un seul battement de cœur; la lampe, pâlie par les premiers rayons du jour, répandait une lueur funèbre dans ces murs ternes et froids.

Au dehors, le matin était brumeux; la voix des rouges-gorges et des chardonnerets nourris par Isaure s'élevait à l'heure du réveil lente et voilée; les corolles des fleurs s'ouvraient avec peine sous la vapeur pesante; tout était morne et attristé devant ce balcon où gisait le corps insensible d'Isaure.

Il y avait dans l'air comme une plainte qui semblait dire:

— Elle était née pour les plus pures affections, elle vivait de l'amour des plantes et des oiseaux; elle a aimé un brigand, elle en est morte.

LA PRISON.

XIV.

La prison de Valence n'était, en ce temps-là, qu'un ancien monastère auquel on avait ajouté des barreaux, des grilles, des verroux et des postes armés, en l'affectant à sa nouvelle destination.

Sept beaux couvents, bien bâtis, bien tenus, existaient dans la ville, et l'une de ces communautés, en s'emparant d'un local plus convenable, avait cédé la charpente délabrée de son cloître à la commune pour en faire un lieu de détention.

On ignorait alors l'art des prisons fortifiées, consolidées, qui opposent des murailles de roc et de fer au génie et à la patience, qu'inspirent sous les verroux, l'amour courageux de la liberté. Les prisonniers avaient beau s'échapper souvent des murailles insuffisantes qui leur servaient d'asile, on se contentait de les y ramener de nouveau, sans mieux fermer la porte une seconde fois.

Mais depuis que le célèbre Mandrin

était détenu dans la geôle de Valence, une foule immense en encombrait les abords, et y formait une enceinte de fortifications vivantes. Les magistrats, les autorités allaient et venaient sans cesse de la ville à la prison, les gardes étaient doublées, et une population innombrable se pressait autour des murailles.

Les habitants des villes et des campagnes de vingt lieues à la ronde s'attroupaient sur la *place aux Clercs*, située devant le bâtiment, et dans les rues adjacentes d'où l'on pouvait l'apercevoir. Le beau temps qui régnait ces jours-là et dorait les toitures pointues des maisons, les terrasses d'orangers et toutes la surface pittoresque de

Valence, favorisait, d'ailleurs, ces longues stations.

L'arrestation innattendue de Mandrin, les amours extraordinaires d'un brigand et d'une noble demoiselle, terminaient d'une manière toute romanesque la destinée merveilleuse du capitaine des contrebandiers. Cette circonstance aurait dû éclairer les esprits au sujet de Mandrin, et faire penser que, pour plaire à une jeune personne bien née, il devait être un homme fait à la ressemblance des autres, et même posséder quelques avantages personnels; mais le peuple tient trop à ses superstitions pour les abandonner sans résistance : il prétendait que l'infernal Mandrin avait seulement *pris la forme* d'un beau cavalier pour séduire la jeune Isaure. Du reste, on savait que ces amours avaient amené la capture du chefs des bandits, et que la noble demoiselle était allée cacher sa honte et son désespoir au fond d'un cloître.

Une masse compacte de têtes se déroulait de tous côtés en nappe immense et ondoyante ; une rumeur sourde, formée de toutes ces voix qui parlaient à la fois du même sujet, s'élevait dans l'air ; des milliers de regards étaient constamment fixés sur les murs de la prison, où l'on ne voyait cependant rien que des pierres noires et des vitrages troubles ; mais on savait que derrière ces pierres était Mandrin, et l'esprit, si

ce n'est la vue, était vivement inter-
ressé.

Un matin, un léger carosse se jeta im-
pétueusement au milieu de cette foule,
en ouvrit de vive force les masses, com-
pactes et s'arrêta aux portes de la prison.

Il en descendit deux femmes élégan-
tes qui parlèrent aux guichetiers, et entrèrent dans l'intérieur.

C'étaient les dames de charité de la
paroisse qui, en ce temps-là, comme
aujourd'hui, se faisaient un pieux devoir
de visiter les prisonniers et de leur porter secours. Elles venaient donc assister
le célèbre accusé dont le procès était
près de commencer.

Ces deux bienfaitrices des pauvres et
des affligés, étaient madame la vicomtesse

de Charleville, et madame de Romieux, sa tante.

La première, jeune et jolie femme de vingt-cinq ans, faisait ondoyer les plumes de sa coiffure, et les légers plis de sa robe de satin à bouffantes dans les sombres défilés de la prison, qu'elle traversait l'éventail à la main, et du même pas léger dont elle fût entrée au bal ! La seconde venait plus lentement ; sa démarche était appesantie par l'âge autant que par le poids des sermons qu'elle méditait en route, et prétendait adresser au grand criminel qui allait paraître devant elle.

Cependant, arrivées à la porte du cachot où elles devaient entrer, toutes deux s'arrêtèrent saisies d'une espèce d'effroi,

malgré la présence du geôlier qui les
accompagnait, et des sentinelles qui
montaient la garde dans les corridors,
malgré la certitude que le prisonnier
avait les fers aux pieds et aux mains;
elles ne supportaient pas sans terreur
l'idée de se trouver en présence de ce
monstre impie, et dont on racontait
tant d'actions épouvantables. Si leur
éducation les empêchait de croire à ces
fables effrayantes, l'impression n'en
existait par moins en elles, et suffisait
pour les rendre tremblantes à l'approche du terrible brigand.

La porte du cachot s'ouvrit. Un large
rayon de soleil tombait de la fenêtre
sur des nattes de paille. Dans cette zône
lumineuse, un beau jeune homme était

couché et endormi sur son lit de prisonnier ; ses cheveux bruns bouclés se
déroulaient autour de son cou ; il portait un simple habit noir bordé de li-
serés d'or, qui dessinait la taille la plus
parfaite ; autour de lui la paille même,
frappée par les rayons du soleil, semblait resplendir.

Les deux dames le regardèrent quelques instants avec admiration, puis, se
tournant vers le geôlier, lui demandè-
rent tout bas où était donc Mandrin.

Un signe du gardien leur répondit
qu'elles le voyaient devant elles.

Le prisonnier murmurait quelques
mots dans son sommeil : c'étaient des
accents d'amour et de regret, aux-

quels le timbre de sa voix donnait un
attrait indéfinissable.

Puis Mandrin ouvrit les yeux.

Il avait rêvé que les magistrats pro-
nonçaient son jugement, et le condam-
naient à aller au supplice sans revoir
Isaure. Dans son sommeil, il avait entendu ouvrir son cachot, et le son réel
s'était mêlé au songe, il croyait voir
devant lui en s'éveillant les bourreaux
qui venaient l'appeler. En rencontrant
à la place les figures de deux femmes
de l'aspect le plus attrayant et de la
physionomie la plus douce, qui s'é-
taient assises dans le cachot, tandis que
la porte se fermait derrière elles ; il sentit un soulagement extrême, et les regarda avec l'air de surprise et d'admi-

ration qu'elles avaient elles-mêmes en le trouvant à la place de l'être affreux qu'elles avaient imaginé.

Ce premier instant avait déjà mis une espèce de lien entre le prisonnier et les charitables femmes, et amené la pitié et l'espérance dans le cachot.

Mandrin, né dans une condition obscure, nourri dans le peuple, et ayant toujours respiré l'air des camps, possédait, par un don particulier de la nature, les formes les plus séduisantes de l'homme du monde, comme il l'avait montré lorsque empruntant le nom et l'habit de gentilhomme, il les rehaussait encore par ses agréments personnels. De l'esprit naturel, joint au peu de culture qui était venu l'orner, une

élocution facile, un charme particulier
dans la voix et le langage, faisaient de
lui un homme à part dans sa classe, et
qui eût été partout des plus remar-
quables.

C'était par de tels moyens de séduc-
tion qu'il avait acquis un pouvoir extraordinaire sur ses compagnons de bri-
gandages, et commandait despotique-
ment dans cette troupe barbare, où il
était vraiment roi par droit de nature.

Mandrin fit un mouvement pour s'in-
cliner devant les belles visiteuses, mais
les chaînes qui le retenaient firent entendre leur bruissement, et il retomba
sur sa couche de paille.

Madame de Charleville et sa tante lui
expliquèrent le motif de leur visite, lui

parlèrent avec onction des secours que la religion pourrait lui offrir dans les moments cruels qui se préparaient pour lui, et l'engagèrent vivement à y avoir recours.

Cet homme qui avait fait une guerre ouverte à l'Église, brûlé maints couvents, et repoussé les sermons du bon père Gaspard de toutes ses railleries, n'eut pas le courage de froisser par son incrédulité barbare la religion qui se présentait à lui sous une forme si gracieuse : Mandrin, comme tous les hommes forts, était faible devant les femmes. Il parla de sa vie écoulée, sur laquelle il avait médité pendant ses jours de prison, avec une tristesse qui pût passer pour du repentir.

— Je vois avec satisfaction, dit madame de Charleville à la fin de leur entretien, que le malheur change bien les âmes.

— C'est que Dieu envoie ses anges aux malheureux, répondit-il en la regardant.

— Une confession entière de vos fautes pourra les racheter.

— Pour cela il faudrait les connaître, et dans les courses aventureuses sur toutes les terres où le vent a poussé mon drapeau, je n'ai guère eu le temps de me recueillir et de me juger moi-même. Je ne sais vraiment si dans mes actes de révolte j'ai été l'arme dont se servait un mauvais esprit ou l'instrument d'une haute pensée.

— Mais le temps est venu d'interroger votre conscience.

— Ma conscience ne sait pas non plus si le capitaine Mandrin a été plus coupable qu'un capitaine d'armée; s'il est plus légitime de batailler aveuglément contre une puissance étrangère, dans un but inconnu, que de combattre pour satisfaire sa propre ambition; s'il est plus beau de faire la guerre pour un roi que de se faire roi de la guerre.

— Aussi, est-il indispensable de soumettre ces questions à un saint ministre de Dieu, qui vous éclairera sur l'état de votre âme et les voies de salut qui vous sont offertes.

— Il me faudrait bien du temps pour éclaircir mes souvenirs, pour me

faire l'historien de ma vie, et il me reste
à peine quelques jours.

— Consentez seulement à vous entretenir avec le confesseur qui viendra
vous assister, et le temps ne sera point
un obstacle; j'ai quelque influence auprès de la cour suprême, ajouta la dame
de charité avec un air de gracieuse im-
portance, je l'emploirai en votre faveur,
et obtiendrai sans doute que les moments nécessaires à votre salut vous
soient laissés.

Madame de Charleville, en disant
ces mots, s'était levée et légèrement
inclinée sur la couche du prisonnier;
une petite croix de cornaline qui était
au cou de la dame de charité tomba
sur la paille, comme un signe de la ré-

demption offerte au brigand; celui-ci retint la croix entre ses mains, paraissait ainsi prêt à accepter le salut qui s'offrait à lui sous ce doux symbole, et la jeune femme lui en laissa le gage.

Avant de se retirer, la comtesse fit entrer le geôlier, et lui ordonna de transférer le détenu dans un meilleur logement.

— Ce cachot n'est pourtant pas mal, dit le porte-clés en regardant autour de lui, et en se montrant fort étonné de la sollicitude de la dame.

— N'importe, reprit madame de Charleville, je vous dis de placer le capitaine Mandrin dans une pièce où il y ait au moins de l'air et de la lumière.

— J'entends, tout le luxe de la pri-

son!... mais je ne sais si monsieur le
gouverneur...

— C'est moi, monsieur, dit-elle en
dressant son éventail qui dirige la prison.

— Ah! excusez... je ne savais pas
que cette charge...

— Il ne s'agit pas de charge, les rè-
glements du bureau de charité me don-
nent la surveillance de cette maison, et
on doit s'y conformer à mes ordres.

— Suffit, madame, j'obéirai.

Madame de Charleville remonta en
carosse, et tout le long du chemin ne
fut occupée que du fameux Mandrin,
que le sort lui avait réservé l'honneur
de sauver en l'autre monde; elle l'appelait tout bas *son criminel;* la passion

de convertir l'agitait des émotions les plus vives; elle songeait quelle gloire ce serait pour elle si sa petite croix de cornaline allait opérer sur cette âme pervertie ce que tous les évêques du royaume, la bannière en tête, n'auraient pu obtenir, et elle voulait arriver à ce but du salut de Mandrin à tout prix.

Dès le lendemain matin elle alla visiter les membres du tribunal pour leur demander de surseoir à la mise en cause; elle fut dévote avec les uns, coquette avec les autres, et obtint d'eux ce qu'elle voulait, toujours avec la restriction cependant que le premier président ne verrait aucun obstacle à ce retard.

Le président était un homme rigide, d'un abord difficile et d'une flexibilité plus difficile encore ; c'était de lui cependant dont madame de Charleville doutait le moins. En rentrant elle lui écrivit ces mots :

» Mon cher président,

» Mes devoirs de dame de charité, m'appelant auprès du grand criminel que renferme en ce moment la prison de Valence, je ferai tous les efforts que le zèle religieux m'inspire, pour l'engager à mourir saintement, ce qui serait une grande édification pour toute la France, et j'espère y parvenir, avec l'aide du père Gaspard, religieux de l'ordre de Saint-François, qui est accouru à Valence pour demander la faveur de diriger la conscience de l'ac-

cusé. Mais je veux que toute procédure
soit suspendue pendant le cours des ins-
tructions religieuses afin qu'elles puis-
sent avoir toute leur efficacité, et il faut
absolument que l'ouverture des débats
soit remise au mois prochain.

» Venez ce soir m'apporter la promesse du sursis que je vous demande;
c'est mon jour de réception; j'aurai
beaucoup de monde... afin que nous
soyons plus seuls. Mais usez-donc de
plus de circonspection que vous ne le
faites depuis quelque temps; hier, le
billet que vous aviez mis dans mon
éventail est tombé dans les falbalats de
ma tante, et votre amour serait resté
aux pieds de la douairière, si mon petit
Azor n'avait senti l'odeur d'ambre, et

rapporté aussitôt le message à son adresse. »

» Adieu, et à ce soir. »

Le magistrat répondit aussitôt par ce billet, également à la mode Louis XV.

» Ma charmante Eulalie,

» Vous ordonnez et paraissez bien certaine de vous voir obéie, tandis que moi je prie, j'implore depuis des mois entiers, et n'obtiens rien.

» Je me trompe cependant, les ordres supérieurs que vous m'adressez aujourd'hui sont peut-être une faveur plus grande que je ne pouvais l'espérer, car une femme qui demande beaucoup s'engage à la reconnaissance, et, en s'arrogeant des droits sur son amant, lui en reconnaît à son tour.

» Si vous êtes persuadée de cette vérité, et acceptez les conséquences de
votre autorité sur moi, je suis prêt à
m'y soumettre.

» A ce soir donc pour la ratification
du traité. »

Il paraît que l'ardeur charitable
l'emporta, dans la charmante femme,
sur la crainte de ses suites dangereuses,
car, le lendemain matin, le surcis d'un
mois au procès des contrebandiers fut
décrété et affiché dans les rues de Valence. (1)

* Le sursis accordé par l'intercession des dames de charité
est consigné aux pièces du procès,

LES AMIS.

XV.

D'après la recommandation de madame de Charleville, Mandrin occupait
au premier étage de la prison, une
pièce qui avait été la cellule de l'abbé
dans l'ancien monastère, et se trouvait

un peu plus spacieuse que celle des frères, rangées le long du même cou-
loir.

Cette chambre donnait sur une rue
adjacente à la place aux Clercs ; il régnait, à sa hauteur, une longue galerie,
sur laquelle veillait une sentinelle,
qu'on voyait passer devant la fenêtre
avec la régularité d'un balancier d'or-
loge, et qui, de même, marquait le
cours du temps au prisonnier. Un autre
soldat montait la garde à l'entrée du
corridor.

Parmi les contrebandiers, Mandrin,
arrêté seul, n'était cependant pas arrivé le premier à la prison de Valence,
Bruneau, apprenant le piége dans lequel le brave chef était tombé, avait

quitté le camp de Saint-André à l'instant même, pour venir se livrer à la justice et partager le sort de son capitaine.

Voyageant nuit et jour, au lieu des courtes étapes que faisait Mandrin, escorté de la maréchaussée, il avait eu le bonheur de se constituer prisonnier à temps ; si bien que le premier objet qui frappa les yeux de Mandrin, en entrant sous ces tristes voûtes, fut son fidèle Grand'Moustache, qui lui dit, avec le salut militaire :

— Présent ! mon capitaine ; le combat sera rude demain, car il vaudrait mieux avoir en face des milliers d'ennemis qu'une douzaine de ces robes

noires... Maîs n'importe, votre Bruneau y sera, à vos côtés.

Mandrin n'avait eu que le temps de
serrer la main de son vieil ami avec
une larme de reconnaissance dans les
yeux, et les gardes les avaient séparés.

Peu de jours après, une trentaine de
contrebandiers, égarés du gros de la
troupe, avaient été arrêtés et con-
duits à Valence. Ils devaient être
jugés et exécutés en même temps que
leur chef. En attendant, on les avait
jetés, les uns dans des cachots souterrains, les autres dans les cellules voisi-
nes de celle de Mandrin.

Eustache, domestique de monsieur
de Chavailles, avait quitté le service de
cette maison pour succéder à son oncle

dans l'office de geôlier de la prison de
Valence. Les airs de bravoure qu'il se
donnait, et affectait d'autant plus que sa
couardise était plus grande, lui avaient
gagné la confiance des administrateurs,
et valu la place lucrative qu'il occupait.

C'était donc lui qui avait reçu le cé-
lèbre prisonnier que Valence venait de
conquérir. Très-irrité de s'être laissé
tromper par les beaux airs du baron
d'Alvimar, et de lui avoir si souvent
ouvert la porte de l'hôtel de Chavailles
pour perdre sa jeune maîtresse, Eustache se montrait on ne peut plus sévère
à l'égard du détenu; il exploitait pour
lui toute la rigidité de la consigne; et,
comme un réglement vivant, ne lui

adressait jamais que les paroles de répression affichées sur les murailles de la geôle.

Le capitaine passait dans sa réclusion des journées d'une tristesse et d'une longueur indicibles. Depuis que le délai apporté à son jugement lui avait été annoncé par madame de Charleville, il avait bien obtenu quelques livres, toujours par l'intermédiaire de sa protectrice; mais c'étaient des livres de piété dont il ne faisait guère usage. On lui avait aussi donné ce qu'il fallait pour écrire, afin qu'il pût retracer sa confession générale; mais à qui écrire?... personne ne l'aimait, ne le plaignait sur la terre, où il n'avait été qu'un objet d'effroi.

Avec une nature sensible au luxe et au plaisir, Mandrin n'avait jamais eu de fêtes que les combats ; avec un cœur susceptible de vives affections, il avait dû s'en tenir toute sa vie au rude dévouement de ses soldats et à leur enthousiasme bruyant, après les victoires qu'il leur jetait à chaque pas.

Son sort avait été changé depuis qu'il avait rencontré la jeune écuyère attardée sur la route des montagnes.

Il conçut pour elle une passion vraie et profonde, qui domina tout le reste dans son âme. Si l'amour a besoin d'être *motivé*, celui-ci l'était on ne peut plus dans l'âme de Mandrin. Né dans les rangs du peuple, jeté ensuite au milieu

des armées et des troupes des bandits,
il n'avait jamais connu de femme digne
de ce nom. Lorsqu'il s'entretint avec
mademoiselle de Chavailles sur le cô-
teau de Beauvoir, c'était la première fois
qu'il échangeait une pensée avec une
belle, noble et élégante jeune fille ; et
ces qualités extérieures, qu'il possédait
lui-même, lui faisaient un besoin de
les rencontrer dans celle qu'il aimerait.
Ensuite, Isaure, avec son innocence, à
laquelle se mêlait un amour impé-
rieux, et porté bien vite au dernier degré des sacrifices, était la seule personne qui put exercer une influence aussi
grande sur Mandrin. Pour celui qui
aimait à vingt-six ans pour la première
fois, il fallait une femme qui n'eut rien

aimé non plus avant lui ; et pour le chef de brigands devenu amoureux, il fallait un sentiment épuré, plutôt par la passion que par la chasteté.

Dès qu'il connut Isaure, il oublia presque entièrement pour elle les intérêts de sa vie sauvage et ses barbares travaux.

Près d'elle, il s'était laissé saisir et enchaîner, quoiqu'il pût si facilement abattre les premiers soldats qui venaient l'arrêter, et sauter par la fenêtre pour échapper aux autres, comme il l'avait déjà fait maintes fois dans des circonstances semblables.

Maintenant, quand sa troupe allait être perdue, quand il était dans les fers et à la veille d'un supplice épouvantable, c'était toujours à elle seule qu'il pensait, et il ne souffrait que pour elle.

Un lieu commun, menteur comme ils sont tous, dit que les femmes seules savent bien aimer. Mais, au contraire, quand l'amour s'empare de ces hommes de fer, de ces organisations puissantes, de ces caractères énergiques, il a bien plus de prise et fait bien d'autres ravages que dans les âmes de femmes; le feu qui fond le bronze est plus ardent que celui qui fond la cire vierge.

Une nuit, Mandrin fut éveillé de la légère somnolence dans laquelle il était tombé par le son faible d'un souffle qui se faisait entendre près de lui... Il pensa aux âmes de ceux qui étaient sortis de

ce cachot pour périr dans les supplices,
et le froid de la mort sembla effleurer
son front, passer autour de lui... mais
le léger bruit se renouvela, et alors,
étant mieux éveillé, il lui supposa une
cause plus positive, qu'il voulut aussitôt connaître.

Il ralluma sa lampe, regarda de tous
côtés, et put s'assurer qu'il était absolument seul. Comme il allait éteindre
sa lumière, qu'il ne pouvait garder
qu'un instant à cause du passage régu-
lier de la sentinelle, il aperçut une
étroite ouverture pratiquée au-dessus
de son lit. Il souffla bien vite sa lampe, et dans l'ombre, il entassa tables et
chaises les unes sur les autres jusqu'à

ce qu'il pût parvenir à cette fente de la muraille.

C'était une ouverture taillée obliquement dans la pierre par laquelle l'ancien abbé pouvait observer ce qui se passait la nuit dans le corridor des moines, et même, comme par un porte-voix, entendre ce qui s'y disait.

Dès que Mandrin eut pu appliquer son œil à ce soupirail, il aperçut à la pâle lueur de la lampe suspendue à l'entrée du corridor, une longue masse brune étendue sur le seuil de sa cellule, et eut bien vite deviné ce que ce pouvait être. Il fit entendre un sifflement aussi faible que celui des moucherons dans l'air, et la forme brune se leva à demi.

— Que fais-tu donc là, mon brave ? demanda Mandrin.

— Moi, mon capitaine, je dors, je me repose... Ah ! continua, Bruneau en étendant les bras, ce n'est pas la roche blanche de la montagne sur laquelle j'ai passé de si bonnes nuits !... Mais enfin, c'est égal, je couche auprès de vous, sur le seuil de votre porte, et c'est tout ce qu'il me faut.

— Pauvre bon camarade !

— C'est que voyez-vous. je me défie du retard qu'on met à faire notre affaire. Je crains qu'on n'aie peur du lion, tout muselé qu'il est, et qu'on ne veuille s'en défaire sourdement dans la nuit... Et, si je ne peux empêcher le mauvais coup, je veux au moins être là pour le partager avec vous.

— Tu te trompes, ami, c'est une charitable dame qui a obtenu un sursis en ma faveur.

— Oh ! les femmes, je m'en défie ! cela ne porte pas bonheur.

— Mes pauvres compagnons, je vous ai perdus tous !

— Il n'y a rien à dire à cela, capitaine ; l'amour, on sait ce que c'est : quand cette petite lumière brille devant vous, fût-on le plus féroce papillon du monde, il faut aller s'y brûler les ailes. Heureusement, le mal n'est pas irréparable..... vive Dieu ! pris et pendus font deux !...

— Que veux-tu dire ?

— Qu'en organisant bien l'affaire, il ne serait pas difficile de forcer la consigne et de quitter cette barraque qui à l'air d'une prison pour rire. Une belle nuit, par exemple, vous feriez sauter la serrure de votre porte comme j'enlève chaque soir la mienne ; la fenêtre est à deux pas de nous, et le saut ne serait pas périlleux. Une fois en bas, il s'agirait peut-être de tuer quelques soldats qui nous gêneraient au passage ; mais ensuite, en route pour la montagne, et vive la joie !

— Je pense que ce projet pourrait réussir, ami ; mais pour mon compte, je ne sais en vérité s'il vaut la peine de sauver ma vie pour recommencer toujours la même chose : des tours de con-

trebande qui deviennent bien insipi-
des, des vols de grands chemins dont
je commence à être bien las, puis après
revenir ici finir de même, à cette seule
différence près de monter sur l'échafaud avec quelques années de plus sur
la tête.

— C'est autant de pris sur l'ennemi,
c'est-à-dire sur la justice.

— Et puis, tu sais que, d'après les
réglements des contrebandiers, nous ne
pouvons pas sortir de prison tant qu'il
y restera un des nôtres. D'ailleurs, Dieu
me garde d'abandonner jamais mes braves dans le péril !

— Qu'à cela ne tienne ! Il y a ici
presque autant de prisonniers que de
gardiens ; il ne s'agit que de sortir tous

ensemble de nos trous à rats pour mettre les autres à la raison ; et des gaillards comme nous, qui sont accoutumés à avoir les monts et les déserts pour se retourner, peuvent bien briser ces vieilles charpentes rien qu'en prenant leurs coudées franches... Une fois réunis en force, on pend les soldats et les geôliers aux barreaux de la prison, et on salue la compagnie.

— Prends garde ! la sentinelle est à deux pas dans le vestibule, elle pourrait t'entendre.

— Bah ! le soldat de ville, est-ce que ça a des yeux et des oreilles ? On lui commande de monter la garde, et il reste là, immobile... Pierre à fusil, va !

— Mais le jour est prêt de paraître.

— Beau jour, ma foi ! que celui qui vient sous ces voûtes noires, il a l'air d'une lanterne sourde auprès de l'autre de la montagne.

— N'importe, rentre dans ta chambre, va te remettre sous les verroux.

—A vos ordres, mon capitaine ; mais réfléchissez un peu, je vous en prie, au projet en question.

— J'y penserai pour l'amour de toi, mon brave Bruneau, je te le promets.

—Soit, adieu !

La matinée qui suivit cet entretien fut marquée d'un bonheur bien grand pour Mandrin ; il apprit qu'Isaure avait survécu au coup terrible qui était venu la frapper.

Le chef des contrebandiers avait conservé assez d'or et de billets sur lui pour pouvoir se procurer dans la prison un ordinaire assez passable. Chaque jour il offrait à Eustache les meilleurs vins que celui-ci servait sur sa petite table, mais le rébarbatif geôlier sablait le champagne, sans donner en retour ces quelques instants de conversation dont les prisonniers sont si avides. Ce matin-là, enfin, ayant redoublé ses libations, l'ivresse le fit parler malgré lui, et il apprit à Mandrin ce que tout le monde savait dans le Dauphiné, c'est-à-dire que monsieur de Chavailles, après avoir été sur le point de se donner la mort dans cette nuit terrible où le déshonneur était tombé sur lui avec tant d'éclat et de circonstances si funestes, avait voulu vivre pour consoler sa fille, et que celle-ci, purifiée par le pardon de son père, s'était retirée dans le couvent des Ursulines, situé entre Valence et Saint-Romain.

Mandrin n'avait pas besoin d'autre bonheur en ce moment. Isaure vivait! Il était délivré des plus poignantes angoisses du remords! Isaure vivait! et lui, il était encore sur la terre; il n'était pas impossible qu'il pût la revoir! Dès lors, il se rattachait à l'existence.

Sous cette heureuse influence, il se mit à écrire à mademoiselle de Chavailles, sans but, sans espoir qu'elle vît jamais cette lettre, pour la seule douceur de lui parler et d'épancher son âme devant elle.

Cependant depuis que Mandrin était arrêté, Charlotte, la pauvre petite idiote qui n'avait qu'un cœur, mais le plus aimant du monde, n'avait pas passé un jour sans se présenter à la porte de la prison. Là, elle demeurait des heures entières à genoux sur le seuil, demandant à mains jointes à voir le capitaine.

Dès que la porte s'entr'ouvrait, elle se glissait dans le vestibule, et s'adressant aux soldats du poste, pleurait à leurs pieds et renouvelait ses prières.

Les plus durs d'entre eux, importunés de ses plaintes, la repoussaient brutalement du pied, ou, la soulevant par un bras, la rejetaient dans la rue comme un enfant incommode, et refermaient le guichet sur elle; les autres s'amusaient un instant de sa beauté et de ses pleurs.

Lolotte était encore charmante après ce long voyage à pied, par de rudes chemins ; la fatigue avait atténué les nuances de son teint sans en diminuer la fraîcheur; ses cheveux blonds, lissés autour du visage, et descendant en longues nattes sur ses épaules, étaient à peine dérangés par le vent ; elle portait toujours son petit chapeau noir et rond comme celui des pâtres, posé sur son front d'un blancheur éclatante. Le doux climat de ces contrées avait ménagé les vives couleurs de l'habillement de drap au corsage rouge, à l'ample jupe bariolée, qui pinçait et drapait sa petite taille ronde et fine ; sa chaussure seule était usée, et laissait voir ses pieds délicats déchirés par les épines du chemin.

Mais les soldats, après avoir souri quelques instants de sa gentillesse, ne la mettaient pas moins à la porte.

Cependant les gardiens qui stationnaient dans le vestibule, après l'avoir vue souvent et s'être convaincus de son état complet d'idiotisme, pensèrent qu'il n'y aurait pas grand inconvénient à lui laisser voir le maître qu'elle demandait avec tant d'instance. L'instinct de Lolotte lui fit deviner celui de ces hommes qui était le plus accessible à cette bonne disposition ; elle s'attacha à lui avec ardeur, se traîna à genoux sur ses pas, en répétant toujours de sa douce voix mouillée de larmes.

— Capitaine Mandrin !.. capitaine !

Cet homme enfin la prit par la main, la conduisit le long des défilés obscurs, ouvrit la prison de Mandrin, et la poussa à l'intérieur : comme un passant obligeant ouvre la porte au bon chien qui se dolente et gémit devant la maison de son maître.

Lolotte, dont les forces étaient maintenant brisées, par la joie, tomba assise sur une escabelle qui était aux pieds de

son capitaine, enlaça ses genoux de ses
deux bras et se pressa contre lui.

— C'est toi, ma pauvre enfant ! lui
dit Mandrin ; comment as-tu pu arriver jusqu'ici ?

Lolotte le regarda. Son chapeau s'é-
tait détaché ; la lumière du jour donnait largement sur son visage, et la
tendre exaltation de ses yeux bleus, le
bonheur qui rayonnait sur son front
pur répondaient assez pour elle.

— Tu es bien fatiguée, ma douce
Lolotte, reprit Mandrin en voyant les
pieds meurtris de la petite voyageuse ;
tu as bien chaud, tu as faim... tiens,
mange un peu auprès de moi.

On venait de servir le dîner du prisonnier ; il posa sur ses genoux quel-

ques aliments que Lolotte mangea avec un appétit parfait et un bonheur indicible.

Nous avons dit que Mandrin était occupé à écrire à mademoiselle de Chavailles. Quand la petite idiote eut fini son repas, il reporta ses yeux sur sa lettre commencée, et peu à peu ses pensées revinrent à l'objet qui les absorbait. Laissant une de ses mains à Lolotte qui, toujours assise à ses pieds, reposait sa tête sur ses genoux, il continua à tracer les lignes qu'il adressait à Isaure.

Sa lettre finissait ainsi :

» En face du supplice qui m'attend je ne pense qu'à vous, je ne vois dans

la mort que la douleur de quitter la
terre où vous êtes; au milieu des ma-
lédictions de la foule qui m'environne,
et dont le bruit pénètre parfois à travers les barreaux de la prison, je n'entends que l'anathème que vous portez
contre moi... Quand je ne serai plus ,
n'y mêlerez-vous pas un peu de pitié!
Votre pitié, Isaure, je l'achèterais s'il
se pouvait par des tourments plus cruels
encore que ceux qui se préparent...
Mais, hélas! je ne sais même pas sous
quel nom l'implorer! L'homme que
vous avez connu était un être imagi-
naire; celui qui existe est réprouvé,
maudit, en horreur au monde... Cependant l'éternité sera peut-être terrible pour moi! J'aurais voulu du moins

y emporter votre pardon, pour bercer mes douleurs... »

Mandrin relisait cette lettre à demi-voix, et le désespoir qu'elle renfermait donnait à son accent une vibration qui allait à l'âme.

Il sentit à une de ses mains une humidité tiède, et en tournant les yeux il vit qu'elle était mouillée des larmes de Lolotte.

Il lui dit avec douceur, en passant les doigts sur ses cheveux :

— Qu'as-tu, ma pauvre enfant ?

Mais il n'attendit pas sa réponse, et l'oublia encore.

Il plia la lettre à mademoiselle de Chavailles, y mit l'adresse, et la regarda avec une angoisse profonde.

— O mon Dieu ! dit-il ; elle est là, à douze lieues de moi, au couvent des Ursulines ; et cette lettre ne lui parviendra jamais. Il n'y a personne, personne au monde qui puisse prendre là ce papier et le poser entre ses mains ! Oh ! si un ange secourable lui portait ce message de mes dernières pensées, quelle consolation, quel bonheur ce serait pour moi !

Lolotte se dressa subitement de l'escabelle où elle était assise, et se tint un instant debout à côté de Mandrin. Elle était pâle et froide, ses yeux levés au ciel brillaient d'un éclat extraordinaire; un rayonnement inexprimable semblait répandu autour de son visage. Elle ré-

péta avec un accent qui n'avait plus
rien de sa voix ordinaire :

— Consolation ! bonheur !

Et saisissant la lettre sur la table,
elle s'élança hors de la prison.

— Va, chère enfant, dit Mandrin
en la regardant s'éloigner, et en con-
cevant l'espoir, bien insensé en apparence, que cette jeune fille réaliserait
son plus ardent désir. Va, sublime enfant, répéta-t-il, ce n'est pas une illusion, tu es vraiment inspirée de Dieu !

LA CONFESSION DE MANDRIN.

XVI.

Le père Gaspard devait être au comble de ses vœux, lorsqu'en montant
l'escalier de la prison, où il était appelé
pour confesser le grand criminel, il
pensait pouvoir enfin convertir le chef

de brigands qui lui avait sauvé la vie, et, selon sa croyance, reprendre par la même occasion son innocence première. Cependant, son pas était lourd et sa poitrine doulouleusement oppressée, sans qu'il sût à quoi attribuer cette tristesse... C'est qu'au fond il aimait Mandrin, le bon moine! Il l'aimait et le plaignait de tout son cœur.

Et quand ils se retrouvèrent ensemble, le pauvre père Gaspard était plus ému que le condamné.

Cependant, la beauté du jeune homme, qui ressortait mieux que jamais dans cette sombre prison, rappelant au religieux le souvenir d'Isaure de Chavailles, remua dans son sein de récentes et profondes douleurs.

— Vous êtes bien bon de venir me
voir ici, père Gaspard, dit le prisonnier.

— Oui, oui, beaucoup trop bon; j'aurais dû refuser de vous admettre au sa-
crement de pénitence.

— C'eût été justice, j'en conviens.

— Non pas pour la vie de diable in-
carné et obstiné que, malgré mes conseils, vous avez menée jusqu'à ce jour,
mais pour un autre crime...

— Bien grand, mais involontaire.

— Pour vous être introduit dans une
sainte maison, sous le nom et l'apparence d'un digne gentilhomme... En
voilà une fameuse pièce de fausse monnaie !... Pour avoir perdu une angéli-
que créature, que j'avais moi-même

nourrie de la manne céleste... car, voyez-vous, il y aurait eu moins de mal à voler, piller, brûler cent fermiers-généraux qui, au fond, ne valent guère mieux que vous, qu'à flétrir cette rose du ciel.

— Je le sais.

— Mais enfin, ce n'est pas tout-à-fait votre faute si vous êtes beau cavalier, si la femme est faible, si l'amour est fort... Et, je le vois bien, il faudra que ce péché-là passe avec les autres. Mais aussi, il faut rentrer enfin en vous-même, et me faire une confession générale de toutes vos fautes, passées et présentes.

— C'est bien aussi à quoi je compte employer les derniers instants qu'il me

reste à vivre.... Mais tenez, père Gaspard, comme je serais très-emprunté
pour vous faire une confession générale
en règle, je vais vous raconter rapidement toute ma vie, dont les premières
années vous sont inconnues, et vous no-
terez là-dedans les faits imputés de péchés par votre église.

— J'y consens.

— A peu près comme dans la forêt
on marque d'une croix les arbres qu'on
doit abattre.

— Suffit, j'en fais mon affaire.

Une sentinelle, comme nous l'avons
dit, montait la garde sur la galerie qui
longeait cet étage de la prison, et passait à temps égaux devant la croisée :
Mandrin, tenu sous cette surveillance

continuelle, dut donc prendre l'humble posture d'un pénitent; il s'assit sur une escabelle, aux pieds du père Gaspard, et, d'un air de pieux recueillement, commença son récit :

— Vous **saurez** d'abord, mon vieil ami...

— Du tout, du tout; il faut dire *mon père :* nous sommes en confession.

— Eh bien! vous saurez d'abord, mon père, que c'est la vertu qui m'a conduit où je suis.

— Sacredieu! je ne m'en serais pas douté!

— Ah! ah! il ne faut pas dire sacredieu; nous sommes en confession.

— C'est vrai!... toujours ces mau-

dits mots!... Eh bien! reprenons. Ciel!
je ne m'en serais pas douté!

— Vous allez en juger. Je suis né à
Saint-Étienne-de-Geoire, en 1724. Je
n'ai jamais connu ma mère, et je n'a-
vais que quinze ans lorsque mon père
mourut. Je demeurai seul, sans éducation, sans état, et possédant pour
tout bien une petite maison à peu près
en ruines, dans laquelle mes parents
avaient passé toute leur vie.

Mon père, François Mandrin, exerçait
l'état de maréchal-ferrant. On a pré-
tendu qu'il se livrait aussi à la fabrication de la fausse-monnaie; mais ce n'é-
tait qu'un bruit populaire dont je n'ai
jamais connu la valeur.

Seulement, à cette supposition se rattache une scène de mon enfance, qui a eu plus tard une grande influence sur ma vie, et que je vais vous rapporter par cette raison.

Il y avait sous le jardin de notre demeure des caves très-profondes, extrèmement humides, et, à cause de cet inconvénient, abandonnées depuis longtemps. Cependant, j'avais cru quelquefois apercevoir de la lumière à travers les soupiraux de ces souterrains, et ma jeune imagination, remplie de contes fantastiques, attachait un singulier prestige à cette lueur nocturne et solitaire.

Un soir, étant encore très-enfant et déjà très-hardi, et voyant la porte des caveaux entr'ouverte, j'y descendis bravement.

Je me trouvai soudain au fond de ce sombre intérieur, dont on ne voyait ni la voûte, ni le sol, ni l'étendue, enfoncés qu'ils étaient dans une nuit profonde ; seulement, dans le pâle cercle de lumière qu'une petite lampe décrivait autour d'elle, on distinguait des fourneaux, des roues, des alambics, d'énormes instruments de fer et de cuivre. Mais je n'eus pas le temps de les examiner, car mon père était dans cet endroit, seul, debout, au milieu de ces choses étranges.

Ce qu'il y a de singulier, c'est qu'il ne m'apparut plus sous son aspect ordinaire : dans ces ombres, il me parut plus grand, on eût dit que vingt années de plus avaient passée sur sa tête ; ses cheveux paraissaient hérissés, ses yeux hagards, son front couvert de sueur.

Je restai devant lui, immobile aussi, et sentant passer sur mon visage la pâleur et l'exaltation sombre qui se montrait sur le sien.

Dès qu'il m'aperçut, il me saisit par le bras et me rejeta hors des caveaux avec de sourdes imprécations et un mouvement de colère aussi étranger à son caractère, que l'expression de ce moment l'était à sa physionomie habituelle.

Je n'ai revu l'intérieur de ces caves que dans une autre circonstance, où la violence de la situation ne me permit pas de les examiner davantage. Je ne puis donc dire si ce qu'elles contenaient était l'appareil d'une fabrication de

fausse-monnaie : il me parut plutôt que
ces instruments devaient être affectés
à l'alchimie et à la recherche du grand
œuvre, dont on s'occupait beaucoup
alors ; mais comme ceux qui s'y livraient
appliquaient souvent leurs travaux à
des imitations monétaires, je ne sais si
le sang d'un faux-monnayeur ne coule
point dans mes veines, et si je ne dois
pas à une disposition native l'industrie
que j'ai longtemps exercée.

En tout cas, cette scène laissa dans
mon esprit une curiosité très-vive au
sujet de ces caveaux, qui décida plus
tard de ma destinée.

Un de mes oncle, frère de ma mère,
vint après la mort de mon père s'établir dans notre pauvre demeure, afin

de se procurer un logement gratuit, tout en me servant de tuteur.

Jean Durand, commis à la ferme générale de Saint-Étienne, avait alors quarante ans. Il était porteur d'une figure froide, sèche, sévère, inanimée, faite exprès pour indiquer le caractère qui résidait dans son for-intérieur, comme les échantillons qu'on met en montre annoncent ce que renferme le magasin.

Sa femme, de vingt ans plus jeune, formait un contraste parfait avec lui. Madeleine, fille d'artisans, ne sachant rien que lire et filer, avait toutes les délicatesses de pensées, toutes les ex-altations poétiques qui n'appartien-nent guère ailleurs qu'aux femmes dont l'imagination a été développée par le luxe et les arts. Douce, faible, languissante, elle ne sentait l'existence que pour aimer et rêver : je ne sais où allaient ses rêves, mais, pour son amour, il se portait tout entier sur son fils, joli petit garçon d'une année.

Mon oncle, pourvu, malgré sa maigreur et son teint plombé, d'un tempérament de fer, se privait de tout, se levait à cinq heures du matin, été comme hiver, travaillait tout le jour aux affaires dont il était chargé pour la ferme et les siennes propres; il se tuait pour l'amour de l'avancement et de la richesse, avec une rage froide comme la passion de l'or. Pendant ce temps, ma tante était retenue au lit par quelque souffrance, ou bien se promenait rêveusement au jardin, caressait son enfant, lui chantait quelques-uns de ces airs de campagne, aux notes tendres et mélancoliques, et abandonnait fort, il faut le dire, les soins du ménage.

Après avoir déjà travaillé quatre heures dans la journée, le laborieux Durand attendait quelquefois en vain la tasse de lait qui formait son déjeuner habituel. Alors s'il descendait faire un tour de maison, il trouvait dans le jardin et sous les appentis les asperges qui montaient en herbes, le linge blanchi qui, des arbustes où il était étendu, s'envolait dans la rue; les poules qui, par une brèche du hangar, passaient chez le voisin; l'amoureux de la ser

vante qui emportait le vin de la cave,
et le chat qui se léchait encore la moustache de la crême du déjeuner. En
même temps il voyait sa femme assise
au pied d'un arbre, ne s'apercevant
d'aucune de ces choses, et détachant
lentement une à une les pétales d'une
marguerite, tandis que des mots entre-
coupés erraient sur ses lèvres, d'un rose
pâle comme la fleur qu'elle effeuillait.

Alors sa colère, froide et retenue
comme tous ses mouvements, s'exhalait
en termes brefs, secs, concis, mais qui
allaient jusqu'à souhaiter la mort à la
pauvre créature.

Tout en la blâmant de ses torts réels,
il lui reprochait encore ceux indépen-
dants de sa volonté. Quand elle était

malade, il prétendait qu'une santé si délicate était bien ridicule pour une femme du peuple, et un jour qu'après avoir soigné son enfant dans une longue maladie, elle le crut expiré, et s'évanouit auprès de son berceau, au lieu de lui donner des secours, il passa la porte en disant qu'*il n'aimait pas la sensiblerie.*

— Un moment, mon fils, interrompit le père Gaspard, je vous ferai observer que vous me confessez-là les fautes de vos parents et pas du tout les vôtres.

— Patience, mon père, nous y viendrons, et la liste en sera si grande que vous n'aurez rien à regretter pour avoir attendu.

— A la bonne heure, continuez.

— Pour premier acte d'autorité sur moi, mon oncle m'avait attaché au service de la ferme ; je faisais les envois, je portais les sacs d'argent, les lettres, les assignations ; j'étais le valet des valets. Ce fut là que je connus l'intérieur de ces infâmes tripots et toutes les roueries employées pour prendre le plus possible au peuple et envoyer le moins possible au roi ; ce fut alors que je conçus contre tous ces voleurs dorés une indignation dont ils ont assez longtemps senti les effets.

Quatre années se passèrent ainsi. Ma condition m'ennuyait horriblement ; j'obéissais à mon oncle, qui m'envoyait à la ferme : là j'obéissais aux commis

qui m'envoyaient chez les débitants,
auxquels il fallait obéir encore; moi,
fort et hardi jeune homme, qui aimais
déjà la liberté comme je l'aime encore
en ce moment, où j'aurais tant de plaisir à faire sauter par-dessus le balcon
cette sentinelle qui me ferme l'espace,
et à m'élancer au grand air, sous la
voûte du ciel.

— Oui, je conçois... mais puisque
cela n'est pas possible, poursuivez votre
confession.

— En même temps, notre intérieur
si triste devenait plus triste encore. Mon
oncle avait contre sa femme un motif
d'irritation de plus que j'étais loin de
soupçonner, et l'indolence, la langueur
de celle-ci augmentait dans la même

mesure que la mauvaise humeur de son mari.

J'ai toujours présent devant les yeux le tableau qu'ils m'offraient tous deux dans les soirs d'hiver, lorsque je rentrais à neuf heures de mes courses dans la ville. Mon oncle écrivait à son bureau, à la clarté d'une lampe ombragée d'un chapiteau vert; Madeleine, blanche et belle, était assise à l'autre coin de la cheminée, dans un grand fauteuil de bois noir sculpté, comme une madone dans sa châsse. Entre eux deux était un vaste foyer où le charbon de terre ne jetait plus aucune étincelle. M. Durand regardait avec impatience ces cendres refroidies, et ne les ranimait pas dans la crainte de suspendre une minute de travail, et dans l'ennui de renouveler à sa femme des remontrances sur son incurie, qui avaient déjà duré toute la journée. Ma tante, qui se trouvait trop éloignée de la lumière, arrêtait le pied qui faisait aller son rouet, laissait tomber sa quenouille sur ses genoux, plutôt que d'avancer d'un pas auprès de son mari... Ils abandonnaient tous deux la chaleur, la lumière, la vie, pour ne pas se rapprocher par un mouvement, par une parole. La lueur verdâtre de la lampe donnait à tout cet intérieur une teinte morbide; jamais le froid de l'antipathie dans un ménage mal assorti ne ressembla plus au froid de la mort.

Dès que j'entrais, mon oncle ordonnait brusquement à sa femme de se retirer.

Pendant tout le temps que je demeurai dans cette maison, je faisais mon possible pour consoler et distraire de ses ennuis la triste Madeleine, et j'y parvenais quelquefois en caressant son fils, qui avait pris cinq années, et qui venait dans mes bras au moindre signe avec un instinct de tendresse exquis. Je leur prodiguais tous les soins de l'amitié, sans m'inquiéter, sans m'apercevoir même des regards irrités que M. Durand jetait sur moi, dès que j'approchais de la mère ou de l'enfant.

Venons au moment décisif qui changea cet état de choses.

Je vous ai dit que le souvenir de ces

caves souterraines dans lesquelles j'é-
tais descendu une fois avait laissé dans
mon esprit le désir de les revoir et des
illusions étranges. J'avais vingt ans,
lorsque tout-à-coup le prestige attaché
pour moi 'à cet endroit fut redoublé
par la certitude d'y apercevoir quelquefois, comme par le passé, de la lumière
pendant la nuit, quoique le jour les
portes en fussent constamment fermées,
mon oncle ayant continué à en défendre l'entrée comme le faisait autrefois
mon père. Cette pâle lueur, qui survi-
vait de cinq années à celui qui l'avait
autrefois allumée, me causait une émotion palpitante.

Je fouillai longtemps dans tous les
coins du logis pour trouver les clés des

caves ; enfin je les découvris dans une salle basse derrière un vieux tableau, et me promit d'en faire usage la nuit même, les laissant en place jusqu'à ce moment, afin que la soustraction n'en pût être remarquée.

Mon oncle se couchait ; il fallait attendre que tout fût endormi dans la maison pour effectuer mon projet ; et il était minuit lorsque je pus descendre de ma chambre. Mon étonnement fut extrême de ne plus trouver les clés où je les avais vues ; car, comme on n'avait pu deviner mon dessein, il fallait que Dieu ou diable me les eût enlevées, pour me protég er contre un danger ou me contrarier dans ma tentation.

Au lieu de retourner chez moi, je

me dirigeai machinalement vers le hangar où était l'entrée des caves. Mes yeux furent frappés d'une lueur si faible que ce pouvait être celle d'un ver luisant dans la mousse, mais je ne doutais pas qu'elle ne vînt des caveaux à travers les pierres ruinées : je me précipitai vers l'entrée et trouvai en effet la porte entrebâillée : je l'ouvris hardiment et descendis.

Arrivé au milieu de l'escalier, je m'arrêtai tout-à-coup : l'image de mon père, de sa colère qui semblait maudire ma présence en cet endroit, reparut à mes yeux, et cette impression de l'enfance revint tellement vive que je me sentis trembler sans avoir pourtant la pensée de retourner sur mes pas.

J'arrivai sans bruit dans l'intérieur.

Tout était dans l'état où je l'avais vu la première fois ; le temps ne pouvait rien sur ces murs noirs comme la nuit éternelle, sur ces fers rouillés depuis des siècles, sur ces instruments d'alchimie forgée, disait-on, par les esprits infernaux... Mais je demeurai fixe et glacé en voyant une femme au milieu de cet antre maudit, entre tous ces objets sans nom, et devant un alambic où coulait une liqueur noire.

Elle fit un mouvement et je reconnus Madeleine.

Mon cœur n'en fut que plus cruellement serré... J'eus l'idée folle qu'un démon avait pris l'apparence de cette femme charmante, et que depuis cinq ans je vivais auprès de cet esprit des ténèbres !...

Comme Mandrin en était là de son récit, un faible grincement de fer se fit entendre ; le père Gaspard, qui se croyait près d'assister à quelque scène infernale, et en avait déjà le frisson, tressaillit à ce bruit, et fit des signes de croix... Cependant ce n'était rien que le geôlier qui venait annoncer l'heure de la retraite pour tout étranger se trouvant à la prison, même pour le père confesseur.

Celui-ci sortit donc avec le jour qui finissait, après avoir toutefois ordonné à son pénitent la lecture des psaumes de la pénitence.

DAVID.

XVII.

Le lendemain, lorsque le chef de brigands et le bon moine furent de nouveau réunis et eurent repris leur attitude pieuse de la vieille, Mandrin continua ce qu'il appelait sa confession.

Madeleine jeta un cri de surprise en me voyant, mais la joie se peignit sur ses traits. Moi, en contemplant son doux visage, en entendant sa voix, je perdis soudain mes extravagantes pensées de maléfice et d'incantation. L'étonnement, l'émotion de notre rencontre bizarre, fondirent la froide retenue qui présidait ordinairement à nos rapports. Madeleine se jeta dans mes bras, et, pour la première fois, je la pressai sur mon cœur.

En ce moment son mari était devant nous.

Depuis plus longtemps que moi, et avec un trouble plus grand, il observait le phénomène de la lumière nocturne dans les caves fermées, et c'était cette

nuit même qu'il avait choisi pour éclairer les cruels soupçons que cette vue
faisait naître en lui.

Alors eut lieu une scène où un monde
de douleur se révéla à moi, et où cependant ma surprise fut si grande,
qu'elle domina longtemps tout autre
impression.

— Il est donc vrai, dit Jean Durand
en se croisant les bras et en nous regardant de son œil pâle et glacé, il est
donc vrai que sous mes yeux, dans ma
propre maison, mon neveu séduit ma
femme, et qu'elle se livre au neveu
de son mari, au jeune homme qui est
presque son enfant !

Je demeurai la figure ébahie, le
souffle suspendu.

— Vous, misérable, continua mon
oncle en s'adressant à moi, vous ne ca-
chiez pas votre indigne amour devant
moi; elle, plus perfide, dissimulait
son bonheur sous des semblants de tristesse... Je ne sais vraiment qui je dois
mépriser le plus, du cynique effronté
ou de l'ignoble hypocrite.

La jalousie dans cet homme si froid
n'avait point cet accent de rage qui en
montre les douleurs et la fait pardonner. Il parlait presque comme s'il eût
été étranger à cette cause, et moins en
mari outragé qu'en juge implacable.

A sa vue, Madeleine et moi nous
étions promptement éloignés l'un de
l'autre. Mais dans les paroles qu'il
adressa ensuite à la malheureuse fem-

me, il la traita avec tant de brutalité, d'arrogance et de mépris, que je la repris sur mon sein pour la protéger contre ces outrages, comme je l'eusse fait contre des coups mortels.

Durand, à cette vue, sortit de son immobilité de marbre. Il voulut nous séparer violemment ; et dans un mouvement inspiré par la cruauté et la colère, il saisit un des énormes balanciers de fer qui étaient dans ces caveaux, et l'asséna de toutes ses forces entre nous... ; mais nous étions trop étroitement unis pour que l'un de nous deux n'en fût pas mortellement frappé.... ; Madeleine reçut un coup terrible dans le sein, et tomba sur la terre.

Je m'élançai vers elle...., son mari

me retint par un geste et un regard implacable qui voulait dire :

— Morte, elle est encore ma femme.

Mais bientôt Madeleine se releva d'elle-même, tenant la main sur son sein meurtri, comme si elle eût sondé la profondeur de sa blessure, et vint s'asseoir sur un billot devant un creuset au bord duquel était placé une lampe. Elle tint quelques instants un mouchoir appuyé sur son visage. Quand elle le retira, et releva la tête, ses traits avaient une expression qui nous fit demeurer, son mari et moi, pétrifiés d'étonnement.

Cette figure blanche et radieuse, placée sous la lueur de la lampe, se détachait seule au milieu des ombres lugu-

bres; elle était calme, assurée, souriante,
ses yeux levés vers la voûte noire avaient
un éclat de bonheur indicible, comme
si elle eût vu toutes les splendeurs du
ciel. Je n'ai jamais rien aperçu d'é-
trange et d'imposant comme cette figure. Cette paix de l'âme, cette sérénité
parfaite, ce sourire de satisfaction au
milieu d'une scène de violence et de
fureur, dans une position désespérée,
inspiraient, avec l'étonnement et le respect, une sorte de terreur.

Madeleine dit avec le plus grand
calme, qu'en effet elle m'aimait depuis
plusieurs années d'un amour coupable
et invincible. La pudeur que devait lui
imposer ma présence, la crainte qu'aurait dû lui inspirer celle de son mari,

ne firent pas un instant baisser ses yeux
ni trembler sa voix... Elle, si faible, si
timide, raconta hardiment devant nous
comment cet amour était venu dans son
âme, déroula les secrets les plus intimes de cette passion, et finit par dire
qu'en effet elle descendait depuis plusieurs nuits dans ces souterrains, pour
y composer, d'après les secrets qu'elle
avait trouvés dans un livre de magie,
une liqueur nommée le *philtre d'oubli*,
et qui, selon sa croyance, devait la
guérir d'une passion malheureuse et
insensée.

Ces révélations, qui auraient dû
exaspérer mon oncle au dernier degré,
eurent un effet contraire; il reprit son
visage de marbre, son silence impassible.

L'éclat surnaturel qui environnait en ce moment Madeleine lui imposait, par un pouvoir invincible ; puis la persuasion où il avait été un instant d'avoir donné la mort à sa femme le faisait rentrer en lui-même, et le disposait mieux à pardonner ; enfin, le profond étonnement peint sur mes traits, les aveux mêmes de Madeleine, lui prouvaient que j'étais étranger à ce funeste amour, et que le cœur seul de sa femme l'avait trahi.

Ayant la certitude que Madeleine n'avait plus rien à craindre des violences de son mari, je m'arrêtai subitement au parti que me dictait mon devoir.

Je pris enfin la parole :

— Que ce moment, dis-je, en finisse avec tous nos maux. Je sais ce que je vous dois à tous deux; il est un moyen de rendre la paix à cette maison, et je l'emploierai.

A ces mots, je sortis précipitamment des caveaux, de la maison, de la ville; je gagnai Marseille, et je m'engageai dans le régiment qui partait pour rejoindre le quartier-général du maréchal Coigny, commandant en chef de l'armée d'Italie.

Peu de jours avant le départ de l'armée, je me promenais sur le port; je vis un vaisseau prêt à mettre à la voile pour l'Amérique.

Parmi les passagers que la chaloupe emmenait à bord, je reconnus mon on-

cle et son enfant. Un habitant de Saint-
Étienne, qui venait d'arriver et se trouvait sur le port auprès de moi, m'apprit le sort de mes parents.

Le lendemain de mon départ de la
ville natale, ma tante était morte subitement, sans que personne connût le
mal dont elle avait été atteinte.

Mon oncle, après avoir fermé la pauvre masure qui m'appartenait, était ve-
venu à Marseille s'embarquer pour les
Indes occidentales.

A ces nouvelles, l'étrange scène des
caveux s'expliqua pour moi; je vis que
c'était lorsque Madeleine avait senti sa
blessure mortelle, avait vu le mouchoir appuyé sur sa bouche mouillé
de sang, qu'à la certitude de sa fin pro-

chaine elle avait parlé avec tant de candeur et de sécurité de l'amour qui remplissait son âme : paisible lorsque la mort allait l'enlever à tous les dangers de cet amour, heureuse lorsqu'elle pouvait l'avouer une fois avant de mourir !

Et moi, j'étais soldat, engagé, vendu, et mon sacrifice était inutile ! La maison où j'avais voulu ramener la paix était déserte et fermée pour tous !

Je partis, n'emportant rien de ma modeste fortune que des papiers de famille, qui sont toujours restés avec moi.

Cependant cette carrière où je me trouvai jeté par le hazard, cette vie des

camps qui développa en moi les ins-
tincts guerriers et aventureux, en y
comprimant l'élan de liberté, devait
me conduire plus tard à entreprendre
une autre guerre plus difficile, plus
dangereuse, en mon nom et sous mon
drapeau. Vous voyez bien, mon père,
que c'est la vertu qui m'a égaré.

— Du diable, vous le lui avez bien
rendu !

— Peu de temps après mon arrivée
à l'armée d'Italie, eurent lieu la célèbre bataille de Parme, dans laquelle le
général ennemi, le comte de Mercy,
perdit la vie, et celle de Guastalla, non
moins glorieuse pour les Français. Je
ne vous dirai rien de ma conduite dans
ces deux actions; les bulletins de l'ar-

mée ont signalé quelques heureux faits
d'armes d'un pauvre jeune soldat, nouvellement arrivé sous les drapeaux, et
n'ayant rien pour lui que son courage.

Le cardinal Fleury conclut la paix
avec l'Autriche. Je me lassai bientôt
de la vie de garnison, et au premier
moment favorable je désertai avec armes et bagages. Plusieurs de mes camarades suivirent mon exemple, et vinrent me rejoindre à quelque distance.
Mon capitaine connaissait mes traces ;
mais ayant conçu pour moi une amitié
que lui avait inspiré mon caractère
franc et intrépide, il ne voulut ni me
faire poursuivre ni même donner mon
signalement, croyant que le repentir
me ramènerait sous mon drapeau,

Vous savez que cet espoir fut vain et qu'une autre carrière m'attendait. Je vous dirai seulement aujourd'hui comment je l'ai embrassé.

Nous repassâmes les Alpes, mes compagnons et moi.

Nous étions arrivés à la frontière après avoir marché jour et nuit, lorsqu'un soir, au pied du mont Viso, nous aperçumes un couvent de très-modeste apparence, vers lequel nous nous dirigeâmes pour demander l'hospitalité.

Il n'y avait là qu'une poignée de pauvres moines, vieux et sans défense. Dans un moment où le pays était infesté de brigands, ils nous prirent pour quelques-uns de ces redoutables voyageurs; soit que notre vocation fût déjà em-

preinte sur nos traits, soit que l'expression sauvage de la fatigue et de la faim,
le hâle foncé du soleil d'Italie, nos armes toujours luisantes sur nos habits en
lambeaux, nous donnassent des figures
patibulaires capables d'effrayer les plus
braves. Quoi qu'il en fût, les frères
franciscains, croyant que nous en vou-
lions à leur vie autant qu'à leurs petites
richesses, s'enfuirent dans le bourg voisin, en nous laissant maîtres du monastère.

C'était un délicieux petit sanctuaire
d'arbres fruitiers, de haies fleuries, de
fontaines limpides, au pied d'une côte
âpre et stérile; le soleil du soir, qui
passait entre deux nuages et n'éclairait
que cet étroit espace au milieu d'une

atmosphère grise, faisait mieux ressor-
tir ses douceurs enchantées sur un fond
lugubre et dépouillé.

Figurez-vous la joie de pauvres diables comme nous, en prenant domicile
dans ces murailles blanches, remplies
de tout le nécessaire de la vie. La table
mise, le souper prêt à être servi, la
cave ouverte, l'abri favorable de ces
lambris ornés de gracieuses peintures,
les douces senteurs de verdure qui nous
arrivaient du jardin, rien ne manquait
à notre contentement.

Les bons moines firent encore les
frais des plaisirs de notre soirée : leur
méprise et l'effroi qu'ils avaient de notre vue défrayèrent longtemps nos sol-
datesques plaisanteries. Que vous dirai-

je la gaîté que nous inspirait l'idée
seule d'avoir été pris pour des brigands,
nous fit penser tout-à-coup, au milieu
des fumées du vin, qu'il serait bien
plus amusant de le devenir en effet.

Le plus âgé d'entre nous n'avait
pas vingt-trois ans; nous étions à demi-ivres, après de longues fatigues et
de cruelles privations; nous formâmes
le dessein d'attaquer le jour suivant
une maison isolée que nous avions remarquée sur le chemin. La légèreté et
les éclats de joie qui présidèrent au projet de ce premier acte de brigandage
lui donnaient l'aspect d'une folie de
jeunes gens, folie qui du reste s'appuyait
sur la plus absolue nécessité, en nous
offrant des ressources pécuniaires dans

le moment où nous étions absolument dépourvus de moyens d'existence.

Vous voyez, mon père, que c'est encore à de bons religieux que je dois l'idée première du parti que j'ai embrassé.

— La source la plus pure se noircit en tombant dans le gouffre ténébreux.

— Le lendemain, après nous être reposés dans les lits mollets du dortoir, nous étions tous habillés en moines, déguisement nécessaire pour pénétrer dans l'habitation où il s'agissait d'effectuer un hardi coup de main.

— Grand Dieu ! c'est sous notre robe !... notre sainte robe !

— Hélas! oui, mon père.

— Vous avez bien osé la revêtir!

— J'ai même osé m'en servir pour rehausser mes avantages personnels : car sous le capuchon je faisais, je vous jure, un des plus séduisants novices qu'on pût voir; il m'allait admirablement bien, sans doute à cause du contraste que cette modeste apparence formait avec ma figure martiale et animée... Je dois tout vous dire, mon père, puisqu'il s'agit de ma confession générale, et m'accuser des péchés de vanité comme des autres. Eh bien! le matin de ce jour, je descendis au jardin du couvent, tandis que mes camarades prenaient le coup de l'étrier. Le jour était voilé de nuages d'opale, les aromates des gazons répandaient comme de l'encens autour de moi; je me trouvai devant un bassin entouré de petites fleurs bleues et dont la légère brume du ciel faisait un limpide miroir; je m'y vis habillé en moine. Je fus frappé de mon propre aspect... cette image que je voyais là, à ce jour vaporeux, encadré d'une guirlande de fleurs, me semblait une de ces belles figures de saints, aux traits inspirés, qui reposent dans les temples... je sentis comme un vertige qui m'attirait dans le cloître... je crois que si le son qui se fit entendre en ce moment eût été la cloche d'une église, je me serais fait moine... mais c'était la voix de mes compagnons qui m'appelait à l'ouvrage, et je partis pour me lancer bride abattue dans le vol de grand chemin.

Mais parmi les divers déguisements que je portais avec moi dans mes longs voyages, afin de pénétrer dans les villes sous un habit emprunté, tantôt paysan, gentilhomme ou de soldat, j'ai toujours eu une robe de moine, sous laquelle, je vous l'avoue, j'avais du plaisir à me voir.

— Miséricorde! dit le père Gaspard, peut-on tirer orgueil de ces frivoles avantages de la beauté, que le ciel nous donne dans sa colère.

— Nous donne, dit en souriant le beau prisonnier au moine rubicond, ceci, mon père, est sans doute une ma-

nière de parler dans vos saints dis-
cours.

— Continuez, continuez.

— Je ne vous donnerai point les détails de cette première expédition ; elle
fut entourée des circonstances les plus
bizarres. Nous avions pris des robes de
franciscains, sous lesquelles étaient ca-
chées nos armes, pour nous introduire
dans la maison isolée; comptant que
grâce à ce déguisement, on nous accor-
derait l'hospitalité sans défiance, et que
nous pourrions profiter de la sécurité
de la nuit pour dévaliser le logis à main
armée. En entrant, je reconnus, aux
premières figures qui vinrent nous recevoir, que cette maison appartenait
au fermier général de Saint-Étienne.

Plusieurs commis de la ferme l'habitaient en ce moment, et des douaniers y gardaient un fort dépôt de marchandises qui venaient de passer la frontière. Ils étaient deux fois plus nombreux que nous.

Dans une telle position, ce qu'il y avait de mieux à faire était de nous cacher le plus possible sous le capuchon, et de repartir sans bruit au matin. Mais il n'en fut pas ainsi. Le vin capiteux que nous versa à souper la piété de nos hôtes, et que nous bûmes largement pour mieux rester dans notre rôle, noya tout-à-fait notre prudence et fit épanouir notre physionomie naturelle, beaucoup plus militaire que monacale. Nous fûmes reconnus et attaqués. Une

fois là, il fallait vaincre ou se faire
tuer.

Je ne vous dirai pas les horreurs de
cette nuit, où venus dans cette maison
pour une simple soustraction d'argent,
il nous fallut être de prime-saut brigands achevés et forcenés. Je ne puis
vous peindre ce combat entre quatre
murailles, ces coups portés autour des
tables renversées, sur les débris des flacons, des lampes éteintes, à la seule
lueur du foyer; ces cris, ce tumulte,
courant dans l'ombre, sur les escaliers
où on se battait, sous les combles, dans
les caveaux, où on se battait encore; ces
hommes montés sur leurs ballots de
marchandises, et les défendant plus que
leur vie; ces femmes éplorées, bondis-

sant de terreur, frappant l'air de leurs cris ; ces chiens déchaînés se ruant sur nous, se battant comme des furieux, partageant la mort avec leurs maîtres ; cette mêlée ardente et serrée, cette heure de nuit qui parut un siècle au milieu du carnage.

Ce fut un terrible baptême de sang ! un moment forcé de s'enrôler dans le brigandage et d'y prêter serment.

Au point du jour nous étions maîtres du champ de bataille ; il n'y avait plus personne pour combattre, et les marchandises de la ferme étaient entre nos mains.

Nous cherchâmes d'abord les moyens de vendre secrètement ces ballots de sel, de tabac, d'indiennes, et de là na-

quit notre première opération de con-
trebande. Son succès ayant dépassé nos
espérances, des coups de main semblables nous assurèrent de nouveaux bé-
néfices. J'organisai bientôt un commerce clandestin sur une grande échelle.
Dans ces nouvelles combinaisons, un
lucre considérable put être obtenu sans
répandre de sang ; il suffisait d'acheter
à l'étranger les marchandises frappées
d'impôts indirects, et de les revendre en
France, soit au peuple qui les recevait
à meilleur prix et nous bénissait, soit à
des marchands surpris sur les grandes
routes, soit enfin à l'entrepôt même de
la ferme, où la terreur soumettait les
traitants et les commis à notre obéis-
sance.

Le bruit de nos succès se répandit ; au bout d'une année, j'avais six cents hommes autour de moi.

Ce fut alors que je découvris un lieu jusque-là inexploré, la côte Saint-André, et y établis mon quartier-général.

La sécurité qui entourait notre retraite du Mont-Désert, les vastes cavernes qui s'y trouvaient, me donnèrent l'idée d'y établir un atelier de fausse monnaie. Par je ne sais quelle science innée, je créai tout moi-même, le fourneau où se fondent les matières, celui où elles se mélangent et se blanchissent, les divers instruments qui fondent, coulent, frappent le plomb et en font de l'argent. J'acquis par là aux yeux de mes soldats mêmes, et surtout du peuple, le prestige qui entoure un pouvoir surnaturel.

Dès-lors, les sels et tabacs que des gens de ma troupe allaient chercher en Suisse, en Savoie, les chevaux que les autres amenaient des frontières d'Espagne, étaient achetés en fausse monnaie et vendus en bonnes espèces. On ne doit donc pas s'étonner des innombrables richesses que j'avais amassées dans mon camp en quelques années, et dont les objets précieux enlevés aux églises, aux bâtiments des fermes, aux maisons opulentes faisaient le luxe et les ornements.

C'est assez pour aujourd'hui, mon
père, dit Mandrin en s'interrompant;
je voulais vous exposer seulement de
quelle manière j'étais arrivé au pouvoir
que vous m'avez connu. Demain, je
vous dirai mes excursions dans le Lan-
guedoc, l'Auvergne, la Franche-Comté,
le Lyonnais, le Mâconnais, partout où
la terreur de mon nom faisait sonner
le tocsin à mon approche et ouvrir les
portes devant moi.

Le bon père confesseur ne répondit
rien cette fois; il était absorbé par la
pensée de tant de crimes, devant lesquels les plus grands des péchés autres
pénitents n'étaient que des roses.

La confession de Mandrin, qui devait

se continuer le lendemain, fut brusquement interrompue *, comme nous le
verrons dans le chapitre suivant.

* Nous ne suppléerons point à la lacune que laisse ce récit,
le détail des exactions de Mandrin dans le Midi de la France se
trouvant dans ses biographies.

LE BANQUET DES ADIEUX.

XVII.

Le moment du supplice de Mandrin
et de ses compagnons approchait ; on
était aux derniers jours d'août : l'ins-
truction du procès allait commencer
le 1er du mois suivant, et avant le 15

la justice humaine devait être satis-
faite.

Le lendemain de l'entretien du prisonnier et de son confesseur, rapporté
dans le chapitre précédent, Mandrin,
qui avait conféré plusieurs fois pendant
la nuit avec son fidèle Bruneau, et lui
avait promis de songer à leur projet
d'évasion, cherchait dans son esprit un
plan qui offrît au moins, au milieu de
beaucoup de périls, quelques chances
de succès. C'était l'heure où il lui était
permis de descendre au préau, et par
conséquent la porte de sa cellule était
ouverte ; mais sans songer à aller respirer quelques souffles d'air plus purs
entre le gazon et le ciel, il tenait les
yeux fixés sur les barreaux de sa prison,

et rêvait au moyen de les franchir, sans qu'aucun expédient admissible se présentât à sa pensée.

Au milieu du profond silence qui régnait autour de lui, la porte s'ouvrit doucement, et il vit entrer Lolotte.

La fatigue l'avait plus accablée à ce second voyage, qu'elle venait sans doute d'accomplir. Elle s'avançait lentement, les bras pendants, la tête baissée. Mandrin restait immobile devant elle ; il la regardait avec une émotion palpitante ; son cœur battait violemment, et il tremblait de tout son être. Il se demandait si, en effet, cette faible enfant, guidée par l'inspiration divine, aurait pu pénétrer dans le cloître des Ursulines et remettre sa lettre à Isaure. Cela paraissait impossible, et cependant il l'espérait; il brûlait d'interroger la jeune fille et n'osait le faire..... Mais quand même il lui eût adressé les questions les plus instantes, comment obtenir une réponse de celle dont l'esprit était muet et dont les lèvres murmuraient toujours les mêmes paroles enfantines et vagues !

Cependant Lolotte s'avança à quelques pas de la muraille, se mit à deux genoux, croisa les mains sur sa poitrine dans l'attitude particulière aux religieuses qui prient : puis elle dit d'une voix douce, mais avec le ton clair et inaccentué qu'on met aux choses apprises par cœur :

— *Mon Dieu, pardonnez-moi, je*

l'aime... je t'aime toujours... mon Dieu,
pardonnez-moi !

Mandrin jeta un cri de joie. Elle avait
vu, entendu Isaure, elle rapportait le
secret de son âme.

Dans son transport, il saisit Lolotte
dans ses bras et la pressa fortement sur
son cœur... quand ensuite il déposa la
jeune fille sur une chaise de paille, elle
était pâle, sans mouvement et sans con-
naissance.

Une longue marche et d'autres souffrances peut-être avaient anéanti ses
forces.

Mandrin, en l'approchant de la fenêtre et en mouillant son visage d'eau
fraîche, tâcha de la ranimer. Il s'aperçut alors qu'elle avait une main blessée,

et enveloppée d'un appareil qui devait avoir été appliqué par une main experte : c'était probablement en raison de cette blessure qu'elle avait pu être introduite chez les sœurs hospitalières.

Lorsque la jeune fille eut repris ses sens, le capitaine appela Eustache (qui, grâce à des libéralités de tout genre, s'était enfin apprivoisé) et lui ordonna de conduire Lolotte au préau, afin qu'elle pût achever de se remettre, d'avoir soin d'elle, et de la garder dans la prison : lui assurant que les dames patronesses approuveraient cette obligeance, et que, pour sa part, il l'en récompenserait largement.

— Oh ! maintenant le génie de Mandrin était revenu tout entier ! Isaure

l'aimait toujours, il voulait la revoir!
mais pour cela il fallait vivre, il fallait
s'échapper de ses fers. A l'instant même,
il sentit jaillir de son cerveau ce plan
de fuite qu'il avait vainement cherché
auparavant; il se présenta alors tout
construit dans sa pensée, tout plein
d'audace et de courage. C'était un parti
d'une singularité extrême, mais dont
la folie même pouvait faire le succès.

Il en conféra dans la nuit avec Bruneau.

Le lendemain, on était au 25 août,
jour de Saint-Louis et de la fête de
Mandrin. Le prisonnier demanda au
père Gaspard, en présence des gardiens,
la permission de réunir ses anciens
compagnons dans sa chambre, et de

leur offrir à l'occasion de sa fête un dernier repas dans lequel les adieux éternels qu'ils avaient à se faire seraient sanctifiés par la solennité de ce jour.

Le père Gaspard ne vit pas d'inconvénient à donner cette dernière satisfaction à son pénitent; et le consentement du confesseur étant accordé devant le geôlier et les employés de la prison, ceux-ci ne firent pas de difficultés pour se prêter aux désirs de l'ex-chef de brigands. Celle-ci leur commanda en conséquence, des mets succulents et une grande quantité de vin pour l'heure de midi.

Un peu avant ce moment, les trente contrebandiers détenus dans la prison, ainsi que Bruneau et Lolotte, étaient réunis dans la chambre de Mandrin, qui, ayant eu autrefois une cloison abattue, était assez grande pour tenir une table de la dimension nécessaire.

Les bandits ouvrirent la fenêtre de la galerie, afin d'éloigner tous les soupçons en laissant la sentinelle, qui passait sans cesse, à même de voir et d'entendre ce qui se passait à l'intérieur. Mais quelques signes à eux particuliers et quelques mots échangés à voix basse leur suffirent pour se concerter... Ils jouaient en ce moment leurs derniers jours d'existence contre le bonheur le plus inespérable... mais ils avaient si peu à perdre et tant à gagner !

Tandis qu'ils attendaient le dîner, la porte entr'ouverte leur laissa entendre le colloque suivant qui avait lieu entre un officier municipal en tournée dans la prison et le porte-clés.

— Soyez tranquille, mon inspecteur, disait Eustache, j'ai l'œil à tout, je suis partout à la fois ; je surveille mes trente prisonniers, en même temps, comme si j'avais trente yeux, ainsi que mon ancien confrère Argus.

— Surveillez aussi la prison ; car le bâtiment est vieux et rompu, et vous savez que l'oiseau casse sa coquille quand il veut s'envoler.

— J'ai mandé des ouvriers qui viendront demain, sans plus attendre, réparer quelques portes qui ne me semblent pas assez solides et doubler les barreaux des fenêtres ; et il ne s'agira parbleu point d'une coquille à briser, mais d'une cage de fer dont mes oiseaux ne sortiront pas.

— Je m'en rapporte à vous.

— Vous pouvez vous y fier. Les contrebandiers ont déjà eu affaire à moi. J'en ai tué sept à leur attaque de la ville de Saint-Romain, où je demeurais alors, et mis beaucoup d'autres en fuite... Aussi ils me craignent instinctivement, et ils tremblent devant moi : s'ils font mine de vouloir sortir de leur cellule, il suffit de mon tour de clé pour les faire tenir en repos.

— Prenez surtout bien garde à ces derniers jours de grâce qui leur sont laissés.

— Je réponds de ces jours-ci sur

ma tête, dit Eustache en ôtant son bonnet pour présenter la caution. Ces murs
viendraient à s'écrouler, qu'il suffirait
de ma présence pour mettre tous les
brigands à la raison.

L'inspecteur s'éloigna.

— Monsieur Eustache, dit le porte-
clés à son supérieur, c'est une drôle
d'idée que ces bandits ont là de vouloir fêter un saint du ciel. Je croyais
que ces gens-là n'avaient ni foi ni loi,
et que les voleurs de grands chemins
c'était la même secte que les hugue-
nots.

— Ah ! c'est que le moment de la
mort change bien les hommes : maintenant que nos gens sont près de partir
pour l'autre monde, ils veulent se

mettre bien avec Saint-Louis afin qu'il
intercède en leur faveur.

— Bah! et vous croyez que c'est
avec des bouteilles de vin vidées en son
honneur qu'ils vont gagner ce grand
saint.

— Cela ne me regarde pas. Ils m'ont
commandé un dîner qui met en danse
toute la cuisine du cabaret voisin. Ce
sont des perdreaux, des sarcelles, des
dindes truffées!... Mais tiens, reste ici,
tu en sentiras le fumet en passant.

Un instant après, Eustache apporta
des mets et des liqueurs, dont l'abon-
dance et le choix formaient le festin le
plus digne d'envie.

— Ce n'est pas tout de nous avoir
servi, dit Mandrin à ce nouveau maître-

d'hôtel, vous devriez prendre place auprès de nous.

Eustache demeura saisi à cette invitation; le geôlier n'était pas compris dans la permission de réjouissance accordée pour ce jour-là.

— Voyons, reprit Mandrin, c'est aujourd'hui que tout le monde doit se réconcilier. Hélas! quand la mort va si vite effacer toutes les querelles, amis et ennemis peuvent bien commencer à trinquer ensemble! Asseyez-vous donc là, brave geôlier.

Les contrebandiers étaient déjà à table; une chaise restait vide en face du capitaine. Eustache demeura quelques instants immobile et tremblant, entre la tentation de prendre ce bon moment de plaisir et la crainte de se compromettre. Mais le vin qui coulait déjà en flots de rubis exerça sur lui une attraction magnétique et invincible. Il tomba sur le siége qui était devant lui.

En même temps on voyait, à travers la fente de la porte entr'ouverte, briller deux yeux qui se fixaient sur la table du banquet avec une ardente convoitise.

Entrez, mon brave, dit Mandrin au porte-clés, et venez vous asseoir avec nous, puisque votre supérieur vous en donne l'exemple.

Le valet de prison se trouva aussitôt placé à côté du geôlier. Il n'y avait déjà plus aucun remords dans l'esprit

des deux invités, et le repas commença
le plus gaîment du monde.

Le cercle des contrebandiers offrait
un aspect pittoresque et bigarré; il y
avait là des hommes de toutes les phy-
sionomies, des hommes glanés sur tous
les champs de la civilisation. On y
voyait le grand et robuste Franc-Com-
tois, taillé en force comme le taureau
de ses plaines; le Provençal olivâtre,
petit et grêle, mais fier comme un géant;
le Bourguignon, le Languedocien, le
Savoyard, le Piémontais, rusé, gai et
jovial jusqu'à la mort, dévot catholi-
que jusque dans le meurtre et le pillage.

Mais les habitudes de leur vie commune imprimaient un cachet uniforme
sur toutes les figures. Des jours rem-

plis de courses vagabondes et de combats, des nuits passées dans le cœur des
forêts, sur la grève humide , ou dans
les cavités des rochers dont l'abîme
gardait l'approche, avec un court sommeil, interrompu par l'orage, par
l'avalanche ou par les coups de fusil
des douaniers, toute cette rude existence qu'ils partageaient leur donnait à
tous une apparence étrange, des mouvements brusques, saccadés et sauvages.
L'habitude de vivre au désert et d'épier
au loin les pas de l'ennemi mettait dans
leurs yeux une scintillation continuelle,
un feu errant et rapide ; ne marchant
que le fer et la flamme à la main,
n'ayant de rapports avec les hommes
que des coups de sabre et de pistolets

échangés avec eux; l'ardeur de la guerre animait seule leur traits. On eût dit que le démon du carnage les avait tous bercés sur ses genoux.

La réunion commençait à devenir animée et bruyante, tandis que l'on voyait toujours se promener devant la croisée la lente et monotone sentinelle chargée de maintenir l'ordre par sa présence.

— Hé! l'ami, cria Mandrin au soldat, si vous êtes las de monter la garde au grand air, et que vous vouliez venir faire une petite faction à table, il y a place pour vous, en vérité.

Le fusilier, voyant tout le monde de si bon accord, et se croyant autorisé à boire avec les détenus par l'exemple du geôlier, sauta lourdement dans la chambre, et alla s'asseoir à côté d'Eustache, dans l'intention de prendre seulement un verre de vin, pour retourner bien vite à son poste.

Et toutes les autorités de la prison se trouvèrent à table.

Il y avait d'un côté, Mandrin, au centre de la bande qui se déroulait de chaque côté de lui, entre ses deux acolytes, et derrière eux, Lolotte, qui circulait tout autour de la table en versant à boire à la ronde.

D'énormes pièces de bœuf et de gibier disparaissaient ; les verres n'étaient plus assez grands, on buvait à la gourde, à la bouteille ; toutes ces bouches ardemment occupées suffisaient à manger,

parler, rire, jurer et chanter à la fois.
Les contrebandiers, exaltés par la fièvre
de leur résolution, se réjouissaient avec
une espèce de rage ; les gardiens de la
prison, arrachés un moment à l'ennui
de leur triste existence , se jetaient à
corps perdu dans l'orgie.

La mort était là, présente sous toutes ses faces : la mort prompte, immi-
nente, terrible, menaçait hautement
ces trente criminels qui allaient rendre
compte de leurs méfaits ; la mort, se-
crète, perfide, s'avançait dans l'ombre
vers ces trois agents de l'autorité à qui
les bandits allaient faire payer chèrement la faute de servir la justice.

Mais sa présence affreuse ne pouvait retenir les éclats de joie bruyants,

tumultueux, effrénés ; la gaîté, les rires,
le tapage résonnaient de toute part
dans l'enceinte ; les verres se heurtaient,
se brisaient aux rayons du soleil ; le
vin rougissait les lèvres, la barbe des
buveurs, la table et le pavé...

Les yeux d'Eustache et de ses compagnons commençaient à se troubler.
Assis en face d'eux, Mandrin les regardait.

Alors le bruit redoubla d'intensité ;
les toast, les chansons bachiques, les
hourras de guerre roulaient dans l'air,
retentissaient sous la voûte dans un
infernal concert ; on eût dit que les
murailles du vieux couvent s'ébran-
laient, que les verroux, les chaînes, les
fers de la prison bruissaient comme

s'ils allaient se rompre et tomber à jamais.

Le pauvre Eustache s'était jeté dans l'ivresse la tête la première ; il déraisonnait en plein, n'y voyait plus, et s'affaissait lourdement sur lui-même; le soldat et le porte-clés tenaient encore, mais leurs têtes se balançaient d'une épaule à l'autre, leurs yeux ternes étaient toujours fixés sur le même point, le rire hébété et l'écume du vin flottaient sur leurs lèvres.

Charlotte redoubla les libations; quelques contrebandiers roulèrent à terre comme étourdis par l'ivresse, et l'orgie éleva plus haut sa voix tonnante et enragée.

Un dernier coup d'eau-de-vie acheva

les trois gardiens; leur raison fut entièrement perdue.

Aussitôt Mandrin fait un signe, et
tout tombe à l'instant dans le plus profond silence. C'est un calme effrayant
et terrible que celui qui succède à ce
tumulte.

Les contrebandiers assis et ceux qui
sont étendus sous la table se dressent
subitement. Trois d'entre eux passent
derrière les trois gardiens, lèvent sur
eux un poignard, et attendent un nouveau geste du capitaine pour l'abaisser
dans la gorge des victimes.

Tout-à-coup Lolotte s'élance vers
eux silencieuse, mais assurée; elle
écarte d'un bras ferme celui des assas-
sins qui menace Eustache, prend sa

place, et, étendant ses mains sur la tête des deux autres, les protége contre le couteau qui va les frapper.

Alors ceux qui sont en face peuvent juger que les trois buveurs sont tombés dans le sommeil le plus profond et le plus lourd, effet d'une poudre jetée dans leur vin.

Et la petite idiote murmure à demi voix :

— Ils dorment !... ils dorment !... Lolotte s'est amusée à les faire dormir !

Mandrin juge à l'instant que ce sommeil, mort passagère mais paisible, est un bonheur inespéré et la plus grande chance de salut pour leur fuite ; car il est presque impossible d'assassiner trois hommes, même ivre et désarmés, sans que l'un d'eux ait le temps de jeter un cri et d'essayer une lutte, et le moindre bruit de ce genre devait amener à leur secours les forces de la prison.

Il ordonne tout bas à ses gens de déposer leur poignard.

En même temps Lolotte, toujours souriante, approche sa main du trousseau de clés pendu à la ceinture d'Eustache. Ces clés sont passées dans un anneau en spirale qu'il faut tourner plusieurs fois dans la courroie de cuir avant de le détacher ; mais les doigts délicats de la jeune fille opèrent ce mouvement sans faire retentir le moins du monde le bruit du fer, qui, plus que tout autre son, devait parvenir à l'oreille du geôlier.

Enfin les contrebandiers sont maîtres du terrain ; ils peuvent s'ouvrir les
portes de la prison... mais le passage
est long et difficile... De cet instant
dépend le sort de tous ces hommes :
au-delà de cet instant est la vie, la
liberté, la fortune, ou la mort dans les
tortures.

Il faut traverser d'immenses corridors, ouvrir une foule de portes sans
connaître d'avance la clé qui doit être
appliquée à la serrure, descendre des
escaliers tortueux et franchir grand
nombre de pièces et de vestibules ; si,
pendant cet espace de temps, un de ces
trois hommes s'éveille il donne l'alarme,
tout est perdu ; et de par la hache et

les bourreaux, les prisonniers paieront cher leur audace.

Mandrin, le brave chef, le noble cœur, résout sur-le-champ de protéger la fuite de sa troupe, en demeurant seul avec Bruneau auprès de ces hommes endormis ; il épiera leur sommeil, et si leurs yeux viennent à s'ouvrir, si leur bouche est près d'exhaler un soupir, il les fera rentrer à l'instant dans la nuit et le silence.

Il exprime sa volonté à ses soldats. Ceux-ci frémissent de laisser leur capitaine dans cet endroit, où chaque seconde qu'il passe est un glaive suspendu sur sa tête, où d'ailleurs les gardes du poste doivent se porter dans le tumulte qui va suivre. Tout cela est exprimé en quelques signes plus prompts que des éclairs. Mais Mandrin fait un geste impératif à ses gens, et ils s'éloignent.

Dès cet instant on n'entend pas un souffle dans la prison. Les contrebandiers défilent rapidement dans les sombres couloirs.

Mandrin a refermé la porte a clé sur lui, pour opposer une plus longue résistance aux assaillants qui peuvent venir. Le capitaine et son compagnon sont debout de chaque côté des gardiens, qui demeurent repliés sur eux-mêmes, et la tête penchée sur la poitrine. Bruneau à le poignard levé, et son regard fixe, suivant chaque mouvement des fibres du visage, observe ces hommes endormis. Mandrin a les yeux attachés sur la place où, par le fond de la rue sur laquelle donne sa fenêtre, il pourra voir déboucher sa troupe. Lolotte, calme et courageuse, regarde le capitaine. Tous trois sont immobiles comme des statues.

Le sommeil, la mort présente, l'attente muette, forment un silence de plomb, dans cette enceinte où la marche de chaque minute est si puissante et solennelle.

Enfin, ç'en est fait ! Mandrin a vu la tête de sa troupe apparaître sur la place.

Il attache son échelle de soie au fer de la galerie ; il prend Lolotte dans ses bras, et descend dans la rue avec la rapidité d'un oiseau qui abat son vol ;

Bruneau le suit, et tous trois ont déjà
rejoint leurs compagnons.

Les deux soldats qui montaient la
garde à la grande porte de la maison,
en voyant les contrebandiers sortir en
masse et d'un pas assuré, ont cru d'a-
bord qu'ils avaient le vertige, qu'un
éblouissement passait sur leurs yeux ;
puis ils ont pensé qu'on était venu chercher les prisonniers pour les conduire
au tribunal... Mais tout cela s'est con-
fondu dans leur esprit étourdi, troublé,
pour ne former qu'une vague stupeur;
et les bandits, imposant par leur nombre et leur fermeté, ont passé entre les
deux postes avant que les sentinelles se
soient éveillées de cette torpeur et aient
engagé le combat.

Le capitaine se place au front de sa bande, et les voilà tous bravement en marche.

Alors la joie, l'orgueil du triomphe montent à la tête des brigands ; l'ivresse puisée dans les boissons du banquet, et dont l'effet a été suspendu par l'imminence du danger, se fait alors sentir ; ils se croient maîtres et vainqueurs de la ville. Bruneau secoue son drapeau qu'il a caché sur sa poitrine, le plante au bout du fusil enlevé à la sentinelle, le brandit à la tête des braves, et tous entonnent en chœur, d'une voix éclatante et formidable, le chant du départ.

Mandrin est en avant, ayant d'un côté de lui Bruneau, qui fait flotter son étendard, de l'autre, Lolotte, qui

tient entre ses deux mains un pli du
manteau de son capitaine, et marche
au pas de charge comme ses frères.

La bande traverse ainsi toute la ville,
en chantant à gorge déployée.

Cependant un cri s'élève, se répand,
roule au loin dans toutes les rues.

— Les contrebandiers se sauvent!...
les contrebandiers s'en vont!

Les habitants arrivent en foule aux
portes et aux fenêtres pour les voir.

Le peuple, qui n'est pas difficile en
fait de divertissement, se décide à prendre le spectacle de leur fuite à la place
de celui de leur supplice. A cette audace inouie, à cette évasion en plein
jour, à grand bruit, à la face des autorités et des forces de la ville, à ce ta-

bleau à la fois imposant et burlesque,
un accès d'enthousiasme et de gaîté
s'empare de la population ; la joie élec-
trique des contrebandiers s'y communique ; tous les habitants font entendre
d'immenses éclats de rire, battent des
mains sur leur passage, et les accompa-
gnent de joyeuse acclamations.

Les fugitifs arrivèrent ainsi aux portes de Valence *.

Cependant, les environs de la prison
sont le théâtre d'une rumeur et d'un
trouble sans pareil. Les soldats, revenus

---

* Détails historiques sur la fuite des contrebandiers de la
prison de Valence.

« A la première station qu'ils firent, Mandrin écrivit au père
» capucin, son confesseur, qu'il n'aurait rien à perdre avec lui,
» qu'il n'aurait pas d'autre théâtre de sa mort que l'échafaud,
» et qu'un jour il viendrait réclamer ses conseils et ses bons
» offices. »   (*Biographie de Mandrin.*)

de leur stupéfaction, sont entrés dans la maison de détention, et, trouvant le geôlier absent et les portes ouvertes, ont semé l'alarme et l attu la générale. On se précipite vers la cellule qu'occupait le capitaine, ne sachant encore si tous les prisonniers ont pris la fuite; mais on ne peut ouvrir la porte, que Mandrin, comme nous l'avons dit, a fermée en dedans avant de descendre par la galerie, et on n'entend à l'intérieur que les cris de détresse et les gémissements des trois gardiens, que les bandits ont fait prisonniers en emportant la clé avec eux.

La porte est enfoncée; et par les paroles entrecoupées qu'on obtient d'Eustache, du porte-clés et du soldat, tous trois tremblants, épouvantés, demi-ivres, demi-endormis, le mystère est dévoilé. Aussitôt les troupes s'assemblent, les brigadiers montent à cheval, un officier supérieur les commande, et on se met à la poursuite des fugitifs.

Ceux-ci avaient gagné de l'avance, mais la troupe était à cheval et pouvait encore les réjoindre ; les chances étaient égales.

Parmi les plantations d'oliviers, d'o-rangers, les riches vergers, les gracieux jardins qui s'étendent sur les bords du Rhône, au-dehors de Valence, la bande des contrebandiers et celle des soldats de cavalerie qui la suivaient marchaient à peu de distance l'une de l'autre.

La brigade était à cheval; mais le grand air, le beau soleil, l'espace libre des champs avaient donné des ailes aux fugitifs; ils allaient de colline en colline comme soulevés par le vent. Les soldats se pressaient sur leurs traces : tantôt les apercevant sur le haut des monticules, tantôt les voyant disparaître dans le vallon ou les taillis d'orangers; tantant gagnant sur eux quelque distance, tantôt les perdant de vue tout-à-fait.

Des lieues se firent ainsi.

Ceux qui marchaient en avant arrivèrent devant un large étang, formé par une petite rivière qui tombait d'un banc de rocher très-élevé, jaillissait en cascade, s'arrondissait en bassin, et coulait de là dans le fleuve, jetant autour d'elle, dans ses bonds impétueux, des nuages de pluie fine et scintillante que le vent dispersait de touscôtés.

Les soldats de la maréchaussée pensèrent que les fuyards seraient arrêtés par cet obstacle, et pressèrent le pas pour les atteindre. Ils n'étaient plus qu'à une très-petite distance et croyaient déjà saisir leur proie... Mais les courageux enfants des déserts s'élancèrent à la nage et voguèrent bravement au milieu des ondes bouillonnantes, tandis que les cavaliers, dont les chevaux ne pouvaient tenter un pareil passage, demeurèrent attachés à la rive.

On vit encore une fois la bande va-
gabonde reparaître sur le sommet de
la roche opposée. Bruneau alors se retourna, se pencha sur la cascade, fit
triomphalement flotter son drapeau
aux yeux des brigadiers; puis la troupe
entière disparut tout-à-fait derrière les
vagues de vapeur argentée.

FIN DU DEUXIÈME VOLUME.

COULOMMIERS. — IMPRIMERIE DE A. MOUSSIN.